Le Manoir des sacrifiés

DANS LA MÊME COLLECTION

Le Bal des infidèles, Dominic Bellavance, 2024.
Soif de vengeance, Sylvain Johnson, 2024.
Morcelée, Withney St-Onge B., 2025.

Publié pour la première fois au Québec par les Éditions Corbeau Inc.

ISBN : 978-2-38578-114-9

www.contredires-romans.com
info@guytredaniel.fr
www.facebook.com/tredanieleso
@contredires_romans

JOHANNE DALLAIRE

Le Manoir des Sacrifiés

Le Corrupteur

GOOD MOOD DEALER
By EXERGUE
27, rue des Grands-Augustins,
75006 Paris

UN CRIMINEL CONNU SOUS LE NOM DU CORRUPTEUR EMPOISONNE DES HABITANTS DE LA CAPITALE

Chaque victime reçoit un défi sordide.
Temps limite pour l'accomplir : vingt-quatre heures.

Au terme du décompte,
les victorieux remportent l'antidote.

Les autres subissent une mort atroce.

Pendant que les médias s'emparent de cette histoire,
tous se questionnent, impuissants :
qui sera le prochain sur la liste ?

26 JUILLET

« Les autorités viennent tout juste d'annoncer la terrible nouvelle, Sarah-Jeanne. Les rumeurs qui circulent depuis hier… sont malheureusement vraies. Le Corrupteur a *encore* frappé. Et Zeff, la nouvelle vedette chouchou des Québécois, y a laissé sa peau. Les policiers ont confirmé neuf décès en lien avec ce défi, mais ils ont refusé de donner d'autres noms que celui du chanteur. Ouf ! Comme si la ville de Québec avait besoin d'un nouveau drame sur les bras… »

« Je suis sans mots, Benoît. Mon Dieu… *Neuf* décès ? C'est horrible ! Mes condoléances aux proches et aux familles, qui doivent être sous le choc au moment où l'on se parle. Qu'est-ce qui s'est passé ? Est-ce qu'on sait si Zeff était la victime principale, ou plutôt un… dommage collatéral ? Ou… si le défi a été relevé ou a échoué ? »

« Toutes ces questions demeurent pour l'instant sans réponse... Mais on se doute que le drame a eu lieu juste après la fameuse fête organisée par Zeff pour son anniversaire, dont seuls les invités connaissaient l'emplacement. Selon nos sources, la soirée s'est terminée plus tôt que prévu à cause d'une alarme incendie. Et c'est le dernier endroit où Zeff a été aperçu vivant. On n'en sait pas plus pour le moment, mais restez à l'écoute, chers auditeurs. On vous en dévoilera davantage aussitôt que l'on sera parvenu à obtenir de nouvelles informations. »

THOMAS
23 JUILLET
21 H 13

— Allez, grimpe, Tom. Les jumelles ont chialé toute la soirée, et j'ai super envie de me changer les idées. Arrête de faire ton trouillard ! Personne ne va te manger là-bas ! À moins que ce soit ce que tu veux, hein ? Ha ha ! Parce qu'il y aura plein de jolies filles. Peut-être qu'il y en aura une pour te dépuceler ?

Thomas hésite encore un instant, une main sur la porte de la Civic modifiée, l'autre repliée sur son estomac. Sa tête aspire à entrer dans la voiture. Ses pieds semblent rivés au sol. Entre les deux s'est créé un vortex émotionnel si intense que c'en est presque douloureux. Les événements sociaux tournent toujours au cauchemar pour lui.

Quentin modifie son approche et adopte un ton mielleux :

— Allez. Tu vas pouvoir prendre plein de photos de gens en train de faire des affaires louches. C'est pour ça que tu voulais venir, non ? Et puis, tu peux pas rater cette occasion !

Thomas répond par un grognement, puis tâte la poche de son short pour s'assurer que son téléphone est à sa place. Son beau-frère a raison : il ne peut pas manquer cette fête. Thomas étouffe ses doutes, monte dans la voiture et ferme la portière. Un amalgame de soulagement, d'excitation et de fierté enfle alors en lui. Le remplit d'adrénaline.

Impossible de changer d'idée, maintenant.

Fidèle à son habitude, Quentin fait vrombir le moteur et crisser les pneus. Il allume la radio, même s'il doit ensuite crier pour couvrir la musique qui jaillit avec force des haut-parleurs :

— *Wow* ! Je te jure que tu le regretteras pas ! Ça va être une soirée de malade !

Après quelques tournants trop serrés, la voiture emprunte la bretelle de l'autoroute, direction Cap-Rouge. La chanson se termine, remplacée par un bulletin d'informations. Les animateurs parlent de façon platonique de la circulation et de la température chaude et humide, avant d'évoquer LE sujet qui alimente toutes les conversations :

« Depuis l'enlèvement des petits Dupuis, la semaine dernière, aucun nouveau crime lié au Corrupteur n'est apparu sur nos radars. Et je ne saurais dire si ça me rassure ou si ça m'inquiète davantage… »

« C'est vrai, Benoît. On dirait le calme avant la tempête. Une part de moi a peur chaque fois que j'ouvre ma boîte aux lettres… Et si j'étais la prochaine ? Ça me terrifie. Quand la police va-t-elle enfin mettre la main sur ce tordu ? Ça dure depuis janvier, c'est irréel ! Si tu m'avais annoncé il y a un an qu'un criminel allait empoisonner les gens de la région, et leur donner des défis abjects à réaliser en vingt-quatre heures en échange d'un antidote… je me serais moqué de toi ! Comment a-t-on pu en arriver là ? »

Quentin éteint rageusement la radio :

— Je suis plus capable d'entendre parler de cette histoire ! Si t'as peur, va vivre ailleurs, un point c'est tout. Bordel, que le monde est con.

Thomas se retient de lever les yeux au ciel. Quentin est tellement cliché qu'on le croirait directement sorti d'une mauvaise série télé : une montagne de muscles, la cervelle bourrée d'idées préconçues et une faculté d'autoanalyse quasi nulle. Carreleur de métier, il passe ses journées sur les chantiers à jurer comme un charretier, et ses soirées à s'entraîner à la salle de sport pour impressionner les filles. Du moins, c'est ainsi que Thomas l'imagine.

Pourtant, il ne peut pas s'empêcher d'envier son beau-frère : Quentin n'a jamais peur. Ni de l'échec. Ni de ce que les autres pensent. Ni de ce qu'apportera le lendemain. Il vit totalement dans le moment présent.

Thomas ne pourrait pas être plus différent. Anxieux à l'extrême, il perd son temps à ressasser le passé et à planifier le futur.

— Comment va Sabrina ? demande-t-il pour changer de sujet.

Sa sœur lui adresse très peu la parole, et pourtant, ils habitent dans la même rue depuis des années. L'étrange amitié de Quentin et de Thomas est plutôt née de leur passion commune pour la motoneige.

— M'en parle pas. Elle est d'une humeur de cochon depuis cinq mois, et j'ai à peine le droit de la toucher. Ses seins ne m'appartiennent plus – alors que je les ai payés. Ça va me faire vraiment du bien, une soirée juste pour moi. T'as pas idée, mec. T'as pas idée…

— Hé ! C'est de ma sœur que tu parles…

— Quoi ? Tu vas me trahir si je m'amuse un peu ?

— Non ! Mais… donne-moi moins de détails. OK ?

Quentin éclate de rire :

— Je te comprends pas, Tom ! T'es capable de prendre en photo un junkie en train de se piquer ou deux mecs en train de baiser sur la plage, mais t'es pas capable de m'entendre parler de ta sœur ?

Thomas se mord la lèvre inférieure, et réalise qu'il est en train de se gratter les avant-bras – un tic dont il tente désespérément de se débarrasser. *Une chance que tu lui aies pas tout montré. Les pervers qui se masturbent dans les parcs publics, les sans-abris qui chient dans les ruelles, les couples en plein 69 la nuit et qui ont oublié de fermer les rideaux…*

Incapable de fournir une réponse satisfaisante, il tente de changer à nouveau de sujet :

— J'en reviens toujours pas que tu connaisses Zeff ! C'est quoi son vrai nom, déjà ?

— Jean-François Carrier. C'est un ami d'enfance : nos mères étaient des copines de ski alpin. Elles se sont arrangées pour qu'on soit dans les mêmes cours. Putain ce qu'on détestait ça ! On filait en douce loin des monos, et on allait balancer des boules de neige aux gamins à l'école de glisse.

Quentin lève une main du volant pour lancer un projectile imaginaire en avant du véhicule, puis rit de plus belle.

— C'était le bon temps ! poursuit-il. On se foutait de tout. On n'a jamais totalement perdu contact, après ça. C'est sûr qu'on se parle moins depuis qu'il a gagné à *Rock or Die* et qu'il est devenu une vedette. Il est tout le temps occupé ! Mais bon... faut croire que c'est le prix à payer quand on est populaire.

Rock or Die, une téléréalité canadienne au cours de laquelle des aspirants rockeurs sont éliminés progressivement – de manière humiliante –, jusqu'à ce qu'un vainqueur remporte une énorme cagnotte. Une usine à célébrités instantanées, à la fois stupide et addictive, que Thomas a un peu honte d'avoir suivie.

— *Wow* ! Y a vraiment des gens qui ont cette vue-là tous les jours ?!

Thomas sort de ses pensées pour observer lui aussi le paysage ; ils avancent sur une route étroite longeant le nord du Saint-Laurent. Au loin scintillent les lumières de

Saint-Nicolas. Nul besoin de fermer les paupières pour imaginer à quel point le panorama doit être splendide lorsque les rayons du soleil embrasent cette étendue d'eau.

Coincées entre le fleuve et une immense falaise, les maisons qui défilent doivent valoir le million, même si la plupart paraissent défraîchies et modestes. Ou peut-être que le faible éclairage des lampadaires ne leur rend simplement pas justice…

— T'avais pas dit que Zeff avait loué un manoir pour sa fête d'anniversaire ?

— *Wait and see, man. Wait and see…*

La route se poursuit pendant encore quelques minutes. Les résidences s'espacent et grossissent. Puis, après une intersection en Y apparaît un panneau « Propriété privée », suivi d'une longue entrée qui s'enfonce dans la forêt. De nombreuses voitures sont garées parechoc contre parechoc le long de l'interminable chemin. Impressionné, Thomas arrête de compter à soixante-deux véhicules.

— Y a un putain de monde ! Tiens, je vais me garer là, y a moins d'arbres et la route s'élargit, ça devrait le faire.

En quittant l'air frais de l'habitacle, les deux hommes sont aussitôt enveloppés par la vague de chaleur humide qui recouvre actuellement tout le Québec. Ils suivent l'allée tandis que se dessine devant eux un immense manoir en pierre baignant dans l'éclairage de spots intégrés et de lampadaires en fer forgé. L'endroit, d'inspiration gothique, est à couper le souffle avec ses nombreuses fenêtres, son toit en ardoise et ses lucarnes. En revanche, la nature a repris ses droits dans les plates-bandes, et une mousse épaisse colonise les interstices entre les dalles, le tout donnant un effet presque sinistre à l'endroit.

Installés sur les pourtours d'une fontaine, plusieurs jeunes adultes partagent un joint. Ils parlent fort. Rient et bougent comme si rien ne pouvait les atteindre. L'odeur puissante de la marijuana fait grimacer Thomas qui, déjà, ne se sent pas à sa place.

En contournant le groupe, il croise malgré lui le regard d'une fille, sans doute mineure. Elle tire la langue dans sa direction et lance d'une voix nasillarde :

— C'est à chier, les rouquins.

L'hilarité gagne en intensité. Thomas se raidit, insulté. Ses nombreuses taches de rousseur lui ont toujours attiré les moqueries, et il lui a fallu des années de travail sur lui-même pour apprendre à vivre avec. Quentin toise les jeunes avec un mépris évident.

— Viens, Tom. Je pense qu'on s'est perdu dans la cour des maternelles.

Les rires s'étouffent. Thomas, reconnaissant, suit son beau-frère jusqu'au porche d'entrée, et le regarde ouvrir la porte. La musique jaillit, agressive, lui faisant regretter de ne pas avoir apporté ses bouchons d'oreilles. Il s'aventure malgré tout dans le vestibule – en se grattant encore les bras.

Le hall de deux étages qui se présente devant lui incarne la richesse : lustre en cristal titanesque, boiseries sculptées, escalier incurvé. D'un côté, dans un bureau entrouvert, un couple s'embrasse, debout contre une immense bibliothèque, tandis que de l'autre, un groupe s'est installé dans un boudoir dans des fauteuils style Louis XIV, autour d'une table basse. Entre verres et bouteilles, une jeune femme se trace une ligne de cocaïne qu'elle s'empresse d'aspirer par une narine.

Thomas extrait son portable de sa poche quand Quentin l'attrape par le bras.

— Lâche un peu ça, Tom, et essaie de rencontrer des gens plutôt. Ça te ferait du bien !

— J'suis pas trop sûr. Ça a pas l'air mon genre de...

Mais son beau-frère s'éloigne déjà en direction d'une arche, à l'autre extrémité du hall, qui mène à la piste de danse. *Une chance que ce soit climatisé*, songe Thomas en voyant les invités s'y amasser.

Il décide de suivre Quentin, curieux d'observer de plus près cette foule à l'aura presque animale. Or, plus il avance, plus il a l'impression de s'enliser dans une autre réalité. Sa poigne s'accentue sur son portable, seul objet qui le rattache à son univers. Et il lui faut toute sa volonté pour contenir une envie de se boucher les oreilles.

La piste de danse est installée dans un immense salon dont le mobilier a été remplacé par des tables et des tabourets de bar. À gauche, un pan de mur se dresse, fier, délimitant la frontière avec la cuisine, mais permettant également aux invités de circuler – de part et d'autre – entre les deux pièces. Sur cette paroi s'accroche une horloge moderne qui affiche l'heure en chiffres romains, alors que sa base accueille une cheminée. Au cœur de l'action, le DJ agite les bras, juché sur une plate-forme avec son matériel et son casque d'écoute. Et non loin de l'endroit où se tient Thomas, le coin bar est suffisamment spacieux pour que trois barmans y servent les invités assoiffés.

Dans la marée humaine, Thomas cherche un moment la silhouette gonflée de son beau-frère. Étourdi, il décide de rebrousser chemin et d'explorer davantage le manoir. Arrivé aux marches d'un escalier, il laisse ses pieds l'entraîner loin de ce délire. Ses oreilles l'en remercient ; les décibels diminuent.

En bas des marches apparaît une pièce lumineuse où règne une ambiance festive. Des groupes de convives plaisantent autour de deux tables de billard et autant de jeux de fléchettes. Un couloir donne accès au reste du sous-sol, mais Thomas arrête là son exploration, tenté d'observer cette nouvelle dynamique, moins intimidante. Il élit domicile sur un tabouret et baisse les yeux sur l'écran de son téléphone, retenant l'envie de l'allumer, quand une femme s'approche. Ses cheveux bruns et raides lui arrivent à la mâchoire. Plutôt jolie, elle a le nez trop proéminent pour être vraiment belle.

— Salut ! T'as l'air un peu perdu. Tu t'amuses ?

Elle a un accent européen. Probablement français.

— Ben... disons que, c'est pas trop mon genre de truc. Mais c'est... intéressant à... observer ?

Elle rit comme s'il venait de faire une blague. Retenant une nouvelle envie de se gratter, Thomas demande :

— Tu connais Zeff ?

— Je suis sa coach personnelle. Kariane Sapin.

Elle tend une main pleine d'assurance qu'il s'empresse de serrer, intimidé.

— Thomas Pelletier.

PATRICK
23 JUILLET
22 H 49

— Yo !!! Pat ! Content de te voir ! Alors, ton congrès d'actuaires ?

Accoudé au bar, Patrick délaisse la jolie blonde avec laquelle il avait entrepris une conversation rudimentaire. Il se tourne vers Zeff, qui s'avance pour lui faire une accolade. Ils doivent hurler pour s'entendre :

— Hé, Zeff ! Bon anniversaire, mon pote ! Ça va pas mal, mais je suis complètement décalqué par le décalage horaire. C'est loin, Singapour !

Zeff attrape le col de la chemise de Patrick et le remet en place, avant d'annoncer, sarcastique :

— Pauvre vieux. J'aimerais pas avoir l'air aussi pathétique. En tout cas, j'imagine que t'as ce qu'il faut pour la soirée. S'il te manque quelque chose, fais-moi signe.

Zeff ne rate jamais une occasion de lui rappeler qu'une décennie les sépare. Pourtant, à 36 ans, Patrick se considère encore dans la force de l'âge.

— T'inquiète pas pour moi, *le jeune*. J'aurai pas besoin de piocher dans tes *maigres* réserves.

— Ha ha ! D'ailleurs, *le vieux*, je me demandais si mon petit cadeau te plaisait toujours… ?

Patrick affecte la surprise :

— Quel cadeau ? J'ignore de quoi tu parles.

Zeff éclate de rire, puis tape l'épaule de son ami. Il lance une œillade à la blonde aux allures de mannequin avec qui Patrick discutait un instant plus tôt.

— Hé, t'as fait la connaissance de Laïla ?

Comprenant qu'elle est devenue l'objet de la conversation, la jeune femme se rapproche d'eux. Zeff baisse le ton et glisse à l'oreille de Patrick :

— Laïla devait être mon rancard, ce soir, mais si tu la veux, fais-toi plaisir. Y a plein de chambres en haut. C'est une ancienne danseuse ; elle est vraiment cochonne. Moi, j'ai d'autres plans, en fin de compte.

Patrick sourit, mais envoie mentalement paître le chanteur. Son orgueil lui interdit de consommer les conquêtes qu'il considère « usagées », ce qui est le cas lorsqu'il connaît personnellement leurs précédents amants. Bref, la jolie blonde vient de perdre tout intérêt à ses yeux. Il s'apprête à boire une gorgée de son Old Fashioned quand Zeff attrape le verre et avale son contenu d'un trait, avant de le reposer sur le comptoir.

— Hé ! Bordel, tu pourrais pas arrêter de me piquer mes…

Zeff éclate de rire, puis disparaît dans la foule avant que Patrick ait terminé sa phrase. Quant à Laïla, elle s'approche et se penche légèrement pour lui offrir une vue sur son décolleté.

— Désolé, ma belle, mais ça marchera pas. Tu ferais mieux d'aller voir ailleurs. Perds pas ton temps.

Offusquée, elle lui lance un regard noir, puis s'en va à son tour, sans un mot. *Au moins, elle comprend vite.*

Patrick se commande un nouveau verre, et le sirote en observant les invités se mouvoir au rythme de la musique. Au bout d'un moment, il jette son dévolu sur une rousse plantureuse qui danse avec tant de confiance que les femmes autour d'elle en paraissent intimidées. La conquête parfaite pour lui.

QUENTIN
23 JUILLET
23 H 17

Les corps qui s'entassent sur la piste de danse génèrent une chaleur enivrante. Quentin sent la sueur couler entre ses omoplates, il se félicite d'avoir pensé à appliquer un bon déodorant. Cette nuit, c'est *sa* nuit. Il s'autorise tous les écarts. Il a d'ailleurs éteint son portable pour être certain que sa compagne ne le dérange pas. Tant pis pour elle ; elle ne veut presque plus baiser depuis qu'elle a accouché. Elle refuse même de lui faire des pipes, rejetant la faute sur la fatigue.

Mais un gars a besoin d'évacuer ses tensions de temps en temps. Faut le comprendre.

Il se penche et tente d'embrasser la jolie brunette avec qui il flirte depuis un moment. Elle le repousse et recule d'un pas.

— Je veux juste danser. Rien d'autre, lui crie-t-elle à l'oreille pour être entendue malgré la musique.

Rien d'autre ? Pourquoi tu te frottes sur moi comme une garce depuis vingt minutes, bordel ?

— OK, ben, tu peux aller danser ailleurs. Moi, je vais me chercher un verre.

Il l'abandonne au milieu de la piste, et se dirige vers le bar. En chemin, il aperçoit un homme couvert de taches de rousseur, et croit reconnaître Thomas. Surpris que ce dernier se mêle aux invités – plutôt que de prendre des photos déplacées avec son téléphone –, il lui tape sur l'épaule :

— Tom ! Tu t'amuses ?

Mais le type le dévisage, étonné. Et Quentin réalise son erreur.

— Oups ! Désolé, mec. Je t'ai pris pour un autre.

Il poursuit sa route en direction du bar, et se commande un rhum-coca. En le sirotant, il observe la piste de danse.

Zeff est là, avec une jeune femme aux cheveux blonds et roses dont le style punk rock détonne avec le reste de la foule.

Ces deux-là vont finir dans le même lit, c'est certain.

Mais comment le chanteur fait-il pour avoir *toujours* une jolie fille accrochée au bras ? Pourtant, Quentin se trouve beau physiquement. Pas parfait – il a le front trop haut et le menton trop prononcé à son goût. Il passe des heures à la salle de sport pour conserver sa musculature développée, mais malgré tout, ses conquêtes se raréfient.

Peut-être que la paternité ne lui réussit pas ?

Hors de question qu'il finisse sa soirée seul. Il ira donc souhaiter un bon anniversaire à Zeff. Et il en profitera pour lui demander s'il n'aurait pas une substance à vendre qui aurait pour effet de rendre une fille plus… accessible.

PATRICK
24 JUILLET
00 H 47

Plusieurs verres et deux lignes de cocaïne plus tard, Patrick a complètement oublié Laïla. La rousse plantureuse gémit et lui agrippe la nuque, lui tire presque violemment les cheveux. Encouragé, il la soulève par la taille et l'assoit sur le garde-corps, réduisant à néant l'espace qui les séparait. Elle lève la tête pour soupirer, ce qui donne à Patrick accès à son cou et à sa mâchoire, qu'il savoure un moment avant de descendre dans le généreux décolleté. Le goût salé avive encore plus son désir.

Il glisse une main dans la robe carmin, et constate l'absence de soutien-gorge. La chair est ronde, pleine. Le mamelon se dresse sous sa langue agile. Le membre de Patrick pulse d'impatience. Il a tellement envie de cette femme qu'il pourrait la prendre là, maintenant. La musique de la fête, à peine étouffée, lui rappelle toutefois qu'il est dans un ascenseur et que n'importe qui pourrait entrer. Mais les mains qui s'incrustent sous sa chemise et les ongles qui s'enfoncent dans sa peau lui font perdre ses dernières retenues.

Même ses pensées cessent d'être cohérentes.

Il redouble d'ardeur dans ses baisers, remonte la robe pour constater que la rousse ne porte pas non plus de petite culotte. Et qu'elle est aussi excitée que lui. Au moment où Patrick insère ses doigts dans le sexe humide, elle penche la tête vers l'arrière et cambre ses hanches en gémissant de plus belle.

L'ascenseur, qui était au rez-de-chaussée depuis quelques minutes, se met soudain en mouvement. Patrick jette un œil au panneau : la cabine monte à l'étage. *Au moins, on se rapproche des chambres.*

Il relâche sa conquête et la dévore des yeux tandis qu'elle replace un sein dans sa robe. La porte s'ouvre sur deux femmes qui se lancent des regards complices en ricanant. Elles leur adressent à peine un regard, tandis que Patrick attrape la rousse par la taille et l'entraîne dans le corridor. Ici, la lumière est tamisée et l'ambiance étrangement calme – en comparaison de l'effervescence qui règne au rez-de-chaussée. Des portes se succèdent de part et d'autre du couloir, menant toutes vraisemblablement à des chambres. Patrick choisit une direction au hasard, déterminé à trouver rapidement une pièce vide, quand un cri retentit derrière une des portes closes :

— T'es pas bien, toi ! Dégage, t'as plus rien à faire ici !

Il reconnaît la voix claire de Zeff, s'arrête, hésite, puis secoue la tête.

Je sais pas à qui tu parles, mais tu vas te démerder tout seul ce soir, mon pote.

Pendant ce temps, la rousse lui mordille le lobe de l'oreille, et glisse une main impatiente dans son pantalon. Patrick recommence à avancer, mais ne peut s'empêcher d'écouter la suite de la querelle :

— C'est *moi* qui suis pas bien ? Y a trois mille filles qui veulent coucher avec toi, gros balourd. Pourquoi tu prends la *mienne* ?!

— La *tienne* ? Ton nom est écrit dessus, peut-être ? Et puis, t'as une putain de gueule de tapette. Elle mérite de savoir ce que c'est, un *vrai* homme. Retourne enculer des oursons en peluche, ça va être mieux pour tout le monde.

Bordel, Zeff. Pourquoi tu te mets toujours dans la merde au pire moment ?

— Hé, mon beau, t'as l'intention de me laisser poireauter ici ? demande la rousse, faisant réaliser à Patrick qu'il s'est immobilisé à quelques pas de la chambre de Zeff, où le ton continue de grimper.

— Tu sors d'où, bordel, pour traiter quelqu'un de tapette aujourd'hui ?! T'aimerais ça, peut-être, que je te traite de gros…

Un cri féminin retentit :

— *ANGE* ! Là, tu exagères !

Un bruit de vitre brisée achève de faire dégriser Patrick. Comme d'habitude, Zeff cherche la bagarre. Et, *comme d'habitude*, il l'a trouvée. Si Patrick n'intervient pas, un des deux gars risque de finir à l'hôpital. Ce ne serait pas la première fois qu'il aide le chanteur à étouffer une histoire douteuse… mais éviter d'attirer inutilement l'attention des flics est toujours préférable.

— Quoi, Mal, *quoi* ?! C'est quoi la différence, hein ? Pourquoi tu prends sa défense ? Tu l'aimes même pas, en plus. T'as dit que c'était rien qu'un connard.

Un nouveau bruit retentit, comme si quelqu'un avait lancé un projectile à travers la chambre. Patrick pince les lèvres et adresse un regard désolé à sa conquête :

— C'est fini, ma belle. J'ai autre chose à faire.

La rousse fait la moue et répond, mielleuse :

— Laisse Zeff se démerder, voyons. C'est un grand garçon…

Non, justement.

Elle agrippe Patrick par les hanches, l'attire contre elle. Il soupire, passe à un cheveu de perdre le contrôle de ses propres pulsions, puis il raffermit sa résolution et attrape les poignets de la femme :

— Casse-toi.

La rousse se fige, de toute évidence insultée par son changement de ton.

— C'est ça. J'aurais dû deviner que t'étais trop vieux pour qu'on s'amuse vraiment.

Sur ces paroles, elle lève le menton et fait volte-face en replaçant sa robe.

Patrick – offusqué de passer encore pour le vieillard de service – franchit en quelques pas la distance qui le sépare de la chambre principale, où les insultes continuent de fuser. Il entre sans frapper. Reconnaît aussitôt, par sa chevelure bicolore blond et rose, Malory, la principale rivale de Zeff à *Rock or Die*. Tous deux sont à moitié nus, ce qui porte à croire qu'ils ont été surpris par le dénommé Ange et qu'ils ont essayé de se rhabiller en vitesse.

Impuissant, Patrick voit le chanteur envoyer une droite solide sur la pommette saillante d'un individu d'allure – il faut l'admettre – plutôt androgyne. Après un instant d'apparente confusion, ce dernier bondit au cou de Zeff, qui tombe à la renverse.

— Je vais te tuer, putain ! Je vais te…

— *ANGE* !!!

Ange semble avoir perdu le contrôle. Son débardeur met en valeur des bras minces mais tendus de muscles bien dessinés. Et ses coups explosifs témoignent d'une excellente maîtrise de son corps. Patrick l'attrape par-derrière et le force à reculer. Malory s'interpose entre les adversaires :

— Ange, ça suffit. Va-t'en.

Ange se libère d'un mouvement sec.

— Vous allez le regretter, lance-t-il avant de s'éloigner d'un pas enragé.

À peine a-t-il claqué la porte qu'une alarme incendie leur vrille les tympans.

KARIANE
24 JUILLET
1 H 34

C'était une fausse alerte.

Les pompiers et les policiers ont effectué plusieurs fois le tour de l'édifice sans se départir de leur air suspicieux. N'ayant rien détecté d'alarmant ni de trop incriminant, ils s'apprêtent à quitter les lieux. Toutefois, la plupart des convives se sont déjà éclipsés. Kariane, encore un brin éméchée, n'a pas osé regagner sa voiture en présence des flics. Assise sur les marches devant le manoir, elle les regarde éteindre leurs gyrophares et retourner dans leurs véhicules les uns après les autres. L'un d'eux s'arrête en passant près d'elle :

— Avez-vous besoin que l'on vous dépose quelque part ?

Le ton aimable la prend par surprise, si bien qu'elle bégaye une réponse négative sans même réfléchir. Le policier hausse les épaules, puis s'éloigne.

Le spectacle terminé, les derniers curieux achèvent de disparaître par petits groupes. Certains regagnent leur voiture, d'autres empruntent un taxi ou un Uber. Kariane fouille dans son sac à main et attrape son portable, dont l'écran indique une heure trente-cinq. Elle trouve le numéro de l'entreprise Ton taxi. Le compose. Mais après deux sonneries, elle raccroche. *Je ne vais quand même pas devoir me pointer dans ce putain de trou perdu demain pour venir chercher ma caisse.*

Elle passe mentalement en revue ses consommations et estime que, d'ici une heure, elle sera apte à conduire. De toute manière, elle ne ressent pour l'instant aucune fatigue ; l'alarme et la présence des policiers lui ont fourni une bonne dose d'adrénaline. Peut-être pourrait-elle essayer de trouver Zeff ? Elle n'a pas revu son client – *et ami, surtout* – depuis un long moment. Il doit être déçu par la fin prématurée de sa soirée d'anniversaire.

Kariane ne connaît le chanteur que depuis quelques mois, mais elle s'est rapidement attachée à lui. Clown à ses heures, il ne se prend jamais au sérieux, et il possède un charisme rare. Il est aussi très généreux de son temps ; ils se sont rencontrés pendant la campagne de financement de l'Étendard, un organisme qui aide les jeunes sans-abris à se sortir de la rue, tandis que tous deux étaient bénévoles. Il l'a d'abord courtisée, mais leur passion s'est éteinte après un seul rendez-vous. En revanche, Zeff, qui était alors en conflit avec son coach du moment, a décidé d'offrir le poste à Kariane. Et elle s'est assurée qu'il ne regrette pas son choix. Après tout, se retrouver dans le cercle rapproché d'une vedette procure plusieurs avantages : contacts, invitations exclusives, références pour une clientèle bien nantie...

Perdue dans ses pensées, elle cherche Zeff du regard. Ne le repérant pas à l'extérieur, elle se dirige vers la double porte en bois massif. À l'intérieur, les lumières ont été allumées, la musique s'est arrêtée. Malgré la magnificence de l'endroit, celui-ci lui évoque une coquille vide. Sans vie. L'odeur d'alcool, de sueur et de fumée persiste, mais l'absence de convives donne à Kariane une désagréable sensation de solitude. Elle frissonne, puis avance jusqu'au grand salon transformé pour l'occasion en piste de danse. Le DJ remballe son matériel. Il la salue d'un geste de la main. Ses cheveux blonds lui tombent devant les yeux, accentuant un regard perçant qui doit faire fondre les cœurs. Elle lui répond sans lui accorder davantage d'attention.

Le rire de Zeff lui parvient de plus loin au rez-de-chaussée. Kariane emprunte le couloir, séparé du salon par un muret qui lui arrive à la hauteur de la taille. Sur sa gauche, elle dépasse l'ascenseur, deux salles de bains, puis une salle à manger majestueuse où trône une table en acajou. Le passage s'ouvre à nouveau à la jonction entre l'extrémité du salon – où se trouve une cheminée impressionnante – et une cuisine ultramoderne. À l'autre bout de celle-ci, dans une alcôve vitrée, est nichée une deuxième salle à manger, plus modeste.

L'exploration de Kariane s'arrête net : sur le comptoir, Zeff et une fille aux cheveux blonds et roses...

Sa rivale à Rock or Die ?!

… sont pratiquement couchés l'un sur l'autre dans une position suggestive, leurs bouches collées.

Putain, Zeff. Ça t'arrive de penser à autre chose ?

Kariane lève les yeux au ciel, mais tourne les talons. Elle suit le couloir en sens inverse, longe une nouvelle fois le salon, pour aboutir, au fond, devant une porte close. Intriguée, elle tourne la poignée… et pénètre dans une vaste pièce abritant une piscine intérieure.

— Ouah ! Trop génial, ça.

Les murs lui renvoient ses paroles en écho, lui faisant réaliser qu'elle a parlé à voix haute. Elle avance pour admirer de plus près la fresque peinte sur les murs : vagues, dauphins, étoiles de mer, coquillages… L'artiste a créé une œuvre presque vivante. Sauf que le tableau est gâché par un ramassis de pots en céramique, de vieilles planches de natation et de deux sièges gonflables abîmés. Et le taux d'humidité élevé, mélangé à une puissante odeur de chlore, rend l'endroit inconfortable au bout de quelques minutes.

Kariane rebrousse chemin. Elle contourne un ensemble de fauteuils en osier quand un type aux cheveux bruns entre à son tour dans la pièce. Ses biceps impressionnants sont mis en évidence par un tee-shirt noir un peu trop ajusté.

Toi, tu pues les stéroïdes à plein nez.

— Envie d'un petit bain de minuit ? demande-t-il en titubant vers elle.

Kariane ne se donne même pas la peine de retourner un sourire au nouvel arrivant :

— Je vais passer mon tour.

Elle entreprend de se diriger vers la sortie en prenant soin de laisser autant de distance que possible entre eux, mais il parvient à lui attraper le poignet. Elle se dégage d'un geste sec, et s'abstient toutefois d'utiliser le nez du type comme cible de kickboxing ; elle pourrait aisément le lui casser, mais elle n'a aucune envie de devoir gérer des poursuites judiciaires.

— Ne me touche pas.

— Hé ! du calme, ma belle. Je voulais savoir si c'est à toi, la Yaris rouge ?

Malgré ses origines françaises, elle retient un juron bien québécois.

— Oui. Pourquoi ?

— Y a une putain de folle qui a failli nous emboutir, à l'intersection. Et en essayant de l'éviter, on a comme qui dirait… accroché ta voiture.

Elle le toise de la tête aux pieds :

— T'as pas trop l'air en état de conduire.

Il lève les bras en position défensive :

— Non, moi, je conduisais pas ! J'avais un « conducteur désigné ». Mais t'en fais pas… on va s'arranger pour les assurances.

Kariane sort son téléphone de son sac à main en grommelant :

— Donne-moi ton nom et ton numéro. Là, je m'en vais. Je t'appellerai demain.

L'autre tique, puis se racle la gorge. Il se prépare de toute évidence à lui annoncer une mauvaise nouvelle, mais elle le prend de vitesse :

— *Quoi* ? Ça peut pas être *aussi* pire que ça, quand même !

— Ben… Thomas était nerveux à cause des policiers. Donc… au lieu d'appuyer sur le frein… Enfin, bref, il est rentré très fort dans ta portière, côté conducteur.

Ce prénom évoque quelque chose à Kariane. Peut-être est-ce l'individu timide et étrange avec lequel elle a discuté au début de la soirée ? Elle l'imaginait parti depuis longtemps.

Elle soupire et répète :

— C'est quoi ton numéro ?

Elle note les chiffres qu'il énumère, puis se prépare à quitter la pièce, quand il se place à nouveau en travers de son chemin, la dévorant du regard :

— Je t'offre un verre pour me faire pardonner ?

Elle a entraîné assez de crétins pour savoir à quelle espèce celui-ci appartient : celle qu'elle ne touche même pas avec un bâton. Mais au moment où elle s'apprête à lui servir une réplique assassine, la porte s'ouvre sur un homme dont chaque partie visible de la peau est couverte de taches de rousseur.

C'est bien le Thomas avec qui elle a parlé plus tôt.

— Quentin ! Je te cherchais partout, lance-t-il. Tu as trouvé à qui appartient la…

Il s'interrompt en reconnaissant Kariane.

— Oh, zut ! C'est *toi* ? Je m'excuse tellement, mais tellement.

Devant l'air piteux de Thomas, elle s'oblige à ravaler sa colère :

— Ça va. T'as pas fait exprès. Au moins, y a pas eu de blessés.

Elle retient un bâillement. Réalise que la fatigue a fini par alourdir ses paupières.

— Du coup, on reparlera de tout ça demain, les mecs.

Thomas s'excuse une nouvelle fois et s'écarte pour la laisser sortir. Dans le couloir, une conversation atténuée par la distance parvient aux oreilles de Kariane. Elle identifie la voix de Zeff, mais d'autres aussi sont présents avec lui. Comprenant que la séance lascive du chanteur et de sa rivale est terminée, elle décide d'aller les rejoindre. Peut-être même de demander une chambre à son ami, en fin de compte.

Tandis qu'elle s'approche, un rire général éclate, suivi de la voix claire de Zeff :

— … a été coupé au montage, mais vous auriez dû voir son visage. Putain, j'ai jamais autant rigolé !

Kariane entre dans la cuisine tandis que l'hilarité reprend de plus belle. Zeff, accoudé sur l'îlot, la remarque aussitôt. Le visage de la vedette est tuméfié – chose qu'elle n'avait pas observée précédemment.

— Kari ! T'es encore là !!!

— Combien de fois je vais devoir te rappeler que je suis *pas* un mélange d'épices ?

Devant l'air faussement dépité de Zeff, Kariane se mord l'intérieur des joues pour retenir un sourire.

— Tu fais pitié à voir, mon ami, ajoute-t-elle en reprenant son sérieux. Faudrait peut-être qu'on remplace quelques entraînements de muscu contre des notions de kickboxing...

À deux pas du chanteur, un homme renifle pour réprimer un rire. Teint hâlé, yeux noirs, mystérieux. Sa chemise à l'allure dispendieuse est négligemment entrouverte, ses manches sont roulées et une mèche de cheveux de couleur foncée tombe sur son front. Pour couronner le tout, un diamant orne le lobe de son oreille gauche.

En tout cas, lui, *je lui dirais pas non.*

— Tu connais Patrick ? demande Zeff, de toute évidence heureux de détourner le sujet de la conversation. Et Malory ?

Il désigne sa conquête du soir, accoutrée de bottes fuchsia, d'un jeans court en lambeaux et d'un haut en mailles qui dévoile davantage de peau qu'il n'en masque. Elle lui caresse la nuque d'une manière presque possessive. *Cette histoire-là durera pas des lunes*, devine Kariane en retournant un sourire à la chanteuse.

Avec eux se trouve le DJ blond, qui semble avoir perdu sa bonne humeur. C'est aussi le seul à ne pas avoir un verre à la main.

— Lui, là, poursuit Zeff, c'est Gabriel. Il veut que je le paie comme s'il avait travaillé toute la nuit... Déjà qu'il me coûte un bras... Non ! Une *jambe*. Ha ha ha !

Un silence inconfortable accueille la réplique du chanteur. *T'es complètement bourré, mon pote*, se retient de dire Kariane.

— Et toi, se reprend-il, tu t'es pas sauvée comme tout le monde ? Putain, les flics se pointent, et la fête est gâchée. Si j'attrape l'enfant de salaud qui a déclenché l'alarme…

Il vide d'un trait le contenu de son verre, attrape une bouteille de rhum, la débouche.

— Je voudrais bien me sauver, le taquine-t-elle tandis qu'il se sert, mais il y a eu un problème avec ma voiture. Ça te dérange si je dors ici ?

D'un geste, il lui fait signe de se rapprocher.

— Ce qui me dérangerait, Kari, c'est que tu dormes ici sans que tu restes un peu avec nous. C'est mon anniversaire, merde !

— Acceptez-vous deux lurons de plus ? demande une voix derrière Kariane. Mon beau-frère est allé pisser, ou quelque chose dans le genre, mais il devrait nous rejoindre bientôt. S'il se perd pas en chemin, hein… C'est tellement gigantesque ici.

— Quentin ! s'exclame Zeff, dont le sourire s'élargit. Je savais que, *toi*, tu me laisserais pas tomber.

Kariane sent les muscles de son dos se raidir, mais lorsqu'elle pivote pour faire face au nouveau venu, celui-ci lui tend un verre rempli d'un liquide ambré. Tous les regards sont rivés sur elle, et, intimidée, elle accepte l'offrande à contrecœur.

L'air enchanté, Zeff lève son verre au-dessus de sa tête :

— À une belle soirée, mais vraiment trop courte ! Bon anniversaire à *moi* !

— Bon anniversaire ! répètent en chœur les invités – tous, excepté Gabriel.

Kariane, qui n'est pas amatrice d'alcool fort, avale le liquide sans respirer. Tandis qu'elle lutte pour ne pas grimacer, une odeur âcre lui monte au nez. Presque aussitôt, une fumée grisâtre se met à danser devant ses yeux. Sa vision s'embrouille. Et sa tête commence à tourner. Kariane s'appuie sur le comptoir, mais ses jambes faiblissent. Ses forces l'abandonnent. Elle se laisse glisser sur le plancher tandis que les ténèbres l'engloutissent.

QUENTIN
24 JUILLET
4 H 50

Une puissante nausée ramène brutalement Quentin dans la réalité. Il ravale un goût de bile en frottant son front qui menace d'exploser. Au bout d'un moment, il cesse d'essayer de compter ses consommations ; il n'a aucun souvenir de la fin de la soirée, depuis le verre qu'il a offert à la jolie Française. *Putain, tu l'as grave échappé*, songe-t-il, mi-satisfait, mi-découragé. Il peut presque entendre Sabrina l'injurier.

Encore.

La chaleur est pesante, humide, on se croirait dans un sauna. Et Quentin a mal partout, comme s'il était couché par terre – impression qui se confirme aussitôt qu'il parvient à soulever les paupières. En se redressant, il sent sa peau se décoller du carrelage. Réalise qu'il est totalement nu dans la salle qui abrite la piscine intérieure.

— Qu'est-ce que… ?

Il remarque qu'il est juste à côté du canapé en osier. Et sur celui-ci : Kariane. Nue, elle aussi.

Un vif sentiment de culpabilité l'étourdit.

— Ah… Mer…

Il s'interrompt, s'astreint au silence. *Dégage avant qu'elle se réveille.* Il attrape ses vêtements – sur lesquels sa tête était posée – et enfile en vitesse son pantalon et son pull. Il avait tellement envie de tromper Sabrina. D'avoir un peu de plaisir. Et, surtout, d'oublier sa nouvelle vie déprimante de père inapte. Mais il est allé trop loin. Il est temps de rentrer chez lui, à présent, et de serrer ses jumelles dans ses bras. *À partir de maintenant, plus de conneries*, se promet-il pour la énième fois de son existence.

Une fois vêtu, il s'éloigne sans bruit en direction de la sortie. Sauf qu'à la moitié du parcours, le canapé en osier craque. Quentin accélère le pas, pose la main sur la poignée de la porte massive et, au même moment, la voix de Kariane résonne sur les murs de l'immense salle :

— Qu-qu'est-ce qui s'est… Hé, toi ! Qu-quentin ? C'est… c'est ça ?

Il se fige, pivote lentement, incertain de la réaction à adopter. Kariane récupère ses vêtements sur le banc, dans une apparente confusion, tout en s'efforçant de cacher sa nudité. Pendant qu'elle enfile son pull, Quentin ne peut s'empêcher d'admirer avec envie sa poitrine généreuse et ses bras musculeux. Il se secoue et détourne le regard avant qu'elle s'en aperçoive. *Quel imbécile. Plus de conneries, on a dit.*

— Putain de soirée de malade, hein ? Me souviens pas de grand-chose, en fait. On a dû s'amuser, en tout cas...

Elle ne répond rien. Au bout d'un moment, il se risque à l'observer et constate qu'elle est désormais vêtue. Toujours assise sur le banc. La tête entre les mains.

— Bon. Je vais y aller, moi, annonce-t-il. J'ai...

Elle se redresse soudain, cligne des yeux.

— N-non, j'y crois pas. Même bourrée, j'aurais pas... couché avec toi. Tu... tu m'as fait quoi ?

— On s'est amusé, c'est tout. On va pas en faire tout un plat.

Elle poursuit comme s'il n'avait pas parlé :

— La... la dernière chose dont je me souviens, c'est... c'est le verre que tu m'as donné. T'as mis quoi, dedans ? Putain, j'appelle les flics.

Animée d'une nouvelle énergie, elle empoigne son sac à main sur le banc voisin et fouille à l'intérieur. Quentin sent la panique l'envahir.

— Voyons, merde ! On va pas tirer de conclusions trop hâtives ! J'ai une copine, et puis deux gamins à la maison. Pourquoi je t'aurais...

Quentin s'interrompt, tend l'oreille. Il est presque certain d'avoir entendu un cri venant de l'autre côté de la porte. Et maintenant qu'il y pense, ce n'est peut-être pas le premier. Il choisit de l'ignorer ; il a un problème plus grave à gérer.

— Ah ! Ça doit être ton sosie, alors, qui m'a proposé un bain de minuit ? ironise Kariane en poursuivant, de manière frénétique, ses recherches dans son sac.

— Allez ! Je vais être dans la merde si ma copine apprend qu'on a couché ensemble !

Kariane relève les yeux vers lui, furibonde :

— Il est où, mon téléphone ? Qu'est-ce que t'en as fait ?

Elle bondit sur ses pieds, perd l'équilibre. Elle se stabilise en s'appuyant au fauteuil, puis commence à avancer vers Quentin d'un pas déterminé.

— Pousse-toi de mon chemin, gros pervers.

Il lève ses mains en position défensive :

— Attends ! Doit y avoir un moyen d'arranger ça, non ?

Elle s'arrête à deux pas de lui, les poings sur les hanches, et répète :

— Pousse-toi, j'ai dit !

Tu t'es vraiment mis dans la merde, mon vieux. Quentin s'écarte à contrecœur. Sitôt la voie libre, Kariane ouvre la porte et disparaît en coup de vent.

Une fois seul, il se frotte le visage. Les nausées se sont estompées, mais son crâne le fait toujours souffrir. Dans la pièce, les lumières sont allumées, tandis que dehors, le ciel gris laisse croire que le soleil n'est pas levé. Il est encore tôt. Pourtant, Quentin n'a plus qu'une envie : rentrer chez lui.

Par réflexe, il fouille dans sa poche – où il range habituellement son portable – avec l'intention de commander un Uber. Ses doigts ne rencontrent toutefois que du vide. Il retourne donc près du mobilier en osier, convaincu qu'il retrouvera l'appareil.

Rien.

Il lâche un juron, revient sur ses pas. *Kariane doit être déjà loin*, suppose-t-il en sortant dans le couloir. En passant près des escaliers, il entend à nouveau quelqu'un crier, à l'étage. Ça ressemble à : « Pourquoi t'as fait ça ? » Scène de ménage, probablement. Quentin n'en a toujours rien à cirer. Il pénètre dans l'immense salon transformé en piste de danse. Peut-être ce détour l'aidera-t-il à se remémorer la fin de sa soirée ?

Presque cinq heures du matin, indique l'horloge au-dessus de la cheminée. *Les petites sont sûrement réveillées.*

Dans la cohue causée par l'alarme, les invités sont partis en laissant leurs consommations sur les tables, et même quelques effets personnels. Des lunettes, un pull rose, un bracelet en perles fluorescentes. Sur un piédestal se dresse une affreuse statue d'ange, toute blanche, haute comme un avant-bras. Mais aucun téléphone en vue. Quentin traverse le salon pour atteindre l'alcôve vitrée où se trouve la deuxième salle à manger. Là trône une table octogonale en granit qu'il n'avait pas remarquée la veille.

Il pivote pour faire face à la cuisine. Une vague impression chatouille sa mémoire : s'est-il évanoui ici ? Ça voudrait dire qu'il n'a pas…

Un grognement l'extirpe de ses pensées.

— Hé ho ? demande Quentin. Y a quelqu'un ?

Le son guttural se répète. Quentin s'avance entre les armoires et le vaste îlot de cuisine quand il découvre un corps étendu par terre. Il s'en approche et reconnaît aussitôt la tête blonde du DJ. *Gabriel.* Il a entendu son nom lorsque Zeff l'a présenté à Kariane.

Sauf qu'il manque à celui-ci toute la portion inférieure de sa jambe droite. Le pantalon, long, est vide à partir du genou. Avec les histoires d'horreur qui inondent les médias depuis plusieurs mois, le premier réflexe de Quentin est de s'imaginer que Gabriel a été estropié pendant son sommeil. L'estomac serré, il se précipite aux côtés du DJ, s'agenouille. Il palpe l'extrémité raccourcie de la jambe à la recherche d'une blessure, de sang, quand la cuisse se met à remuer sous ses doigts.

— *Hey ! Stop ! What are y… Don't fucking touch me, man !*

La sonnette du manoir retentit, mais Quentin l'ignore. Devant ses yeux, l'autre pousse sur ses bras pour s'asseoir et s'éloigner, aucunement déstabilisé par l'absence d'un de ses membres.

— *Where is my… Oh ! Fuck Zeff and his fucking French friends. I never should have accepted this damned contract.*

Il lève les yeux au ciel, de toute évidence confus, puis examine son environnement. *Y a pas que moi qui ai perdu le nord, hier, on dirait*, songe Quentin en l'observant, amusé.

— Où vous avez mis *my… prosthetic leg* ? C'est une *fucking bad joke. You're so gonna pay for this.*

L'anglais de Quentin est rudimentaire. Mais suffisant pour qu'il retienne une envie de se frapper au milieu du front. *Une prothèse ! Quel crétin !* Puis, devant les poings serrés de Gabriel, il se redresse et recule d'un pas.

— Me regarde pas comme ça, bon sang ! C'est pas moi qui ai fouillé dans tes pantalons. *Sorry*, mais t'es pas mon genre, vieux.

Le DJ soupire et se frotte les tempes. Quentin se prépare à lui proposer son aide quand Kariane apparaît dans l'arche séparant la cuisine du couloir, le teint d'une pâleur cadavérique. Dans sa main tremblante, elle tient une enveloppe jaunâtre ornée d'un sceau de cire rouge. Le cœur de Quentin manque un battement.

— Ça sort d'où, ça ? s'entend-il demander.

L'enveloppe glisse des doigts de Kariane. Personne n'ose bouger pendant quelques instants. Puis Gabriel se lève et rejoint la Française en sautillant sur une jambe. Il se penche sans la moindre difficulté, ramasse l'enveloppe. Il examine le sceau, puis le montre à Quentin.

Un crâne de bœuf.

Exactement comme ceux qu'on voit chaque semaine aux informations.

— C-c-c'était… devant la porte quand quelqu'un a sonné, explique Kariane.

— T'étais pas partie ?

Elle secoue la tête :

— J-je cherchais un téléphone. Dans le b-bureau, puis le boudoir. Patrick était là. Il… il voulait pas se réveiller, alors je l'ai fouillé : pas de portable non plus. C-C'est là que ça a sonné. J'ai vu personne. Juste…

Elle bloque sur le dernier mot, comme si le prononcer rendrait la situation plus réelle. Tous trois se dévisagent. Au bout d'un moment, Quentin chasse ses craintes du revers de la main :

— Ça doit être pour Zeff. C'est lui qui a loué le manoir. C'est sa fête. On va le trouver pour lui remettre ça au plus vite. Son temps est compté.

Kariane secoue la tête :

— Non ! Il faut prévenir les flics !

Elle tente d'attraper la lettre que Gabriel éloigne d'un geste prompt. Toujours sur un seul pied, celui-ci s'appuie désormais au comptoir.

— Il va crever, si on fait ça ! se fâche Quentin. C'est une lettre du Corrupteur. Tu connais ses règles.

— Je suis pas d'accord, s'obstine-t-elle. Si Zeff sait pas qu'on a averti la police, il… Ça devrait…

— Ben voyons ! T'oublies qu'il est sûrement *déjà* empoisonné ! Il a besoin de notre aide. Et puis, si t'étais vraiment son amie, tu penserais la même chose. T'essaierais pas de trouver un moyen de le faire crever plus vite.

Kariane se tourne vers Gabriel :

— T'es d'accord avec lui, toi ? demande-t-elle avec davantage d'assurance.

Le DJ hausse les sourcils et ouvre la bouche pour répondre, mais Quentin le prend de vitesse :

— T'occupe pas de lui. C'est rien qu'un putain d'Anglais. Si ça se trouve, il comprend même pas de quoi on parle.

Le visage de Gabriel rougit de colère :

— Je vis *in Montreal*. *Not* sur Mars, *dumbass*. Je comprends assez. Et je pense qu'on devrait pas décider à la place de Zeff.

— *Good !* s'exclame Quentin. Je le savais que t'étais pas *juste* con. Qu'est-ce qu'on attend ?

Il arrache l'enveloppe des mains de Gabriel. Puis, sans laisser aux autres l'occasion de l'intercepter, il s'élance au pas de course vers les escaliers. En bas des marches, il passe à deux doigts de foncer dans Patrick au moment où – à demi réveillé – celui-ci sort du boudoir. Quentin le contourne sans ralentir.

Pas question de gaspiller la moindre seconde.

ANGE
24 JUILLET
4 H 51

Un hurlement extirpe Ange d'un sommeil presque comateux. Il soulève ses paupières avec difficulté, cligne à quelques reprises pour soulager la sécheresse de sa cornée. *Merde, tu t'es encore endormi avec tes lentilles de contact. Espèce de tête en l'air.*

Sans prendre la peine de vérifier la propreté de ses mains, il appuie le bout de ses index sur les lentilles pour les remuer. D'abord collées, elles finissent par obtempérer. Et les larmes, par arriver. Ange remarque alors seulement qu'il se trouve dans une chambre inconnue, couché sur un lit. La lampe de chevet est allumée, tamisant l'obscurité d'une lumière orangée.

Sa querelle avec Malory et Zeff lui revient en mémoire, en même temps qu'une décharge de douleur. Il a complètement perdu le contrôle. Mais qui n'aurait pas eu une réaction similaire après avoir trouvé la femme de sa vie en pleine séance torride avec une autre personne ? Avec un nombriliste misogyne, de surcroît !

L'image imprégnée dans son cerveau le fait encore grincer des dents.

Des petites copines, des partenaires, des aventures, Ange en a eu des tas. Mais personne n'a égalé Malory. Personne. Cette fille-là, il l'a dans les tripes. Et jusqu'à cette fête de malheur, il était convaincu que le sentiment était réciproque.

Quel con.

Il comprend mieux, à présent, pourquoi elle a tenté de le dissuader de l'accompagner. « Tu ne devrais pas te coucher trop tard », a-t-elle insisté. « Tu as un spectacle de danse demain. Tu as vraiment de la chance que le danseur dont tu étais la doublure soit tombé malade. Ça n'arrivera pas deux fois, ça. C'est TA chance de leur montrer que c'est *toi* le meilleur ! » Et lui, *l'imbécile*, a quand même décidé de venir la rejoindre en taxi après la répétition générale pour lui faire la surprise. Il l'a longtemps cherchée à tous les étages, avant d'entendre son cri d'extase à travers la porte de la chambre principale.

Le pire moment de son existence.

— Espèce de crétin.

Après la querelle, une alarme a retenti. Encouragé par l'absence des barmans, Ange a volé une bouteille d'alcool fort au rez-de-chaussée, avant de se réfugier dans un placard pour pleurer sur sa vie sans se préoccuper du bruit.

Puis, plus rien.

D'ailleurs, ses oreilles bourdonnent encore. Et la douleur dans son crâne est une véritable torture. Il cache son visage dans ses mains.

Un nouveau hurlement retentit au loin, plus aigu. Et, cette fois, il reconnaît la voix.

— MAL ?!

Il saute hors du lit, passe à un cheveu de perdre l'équilibre, se rattrape en se retenant à un meuble. Une fois solide sur ses jambes, il se précipite dans le couloir : tandis qu'il court, le cri cesse. Ange hésite à pénétrer dans la même chambre que la veille, mais la crainte qu'un malheur soit arrivé à Malory l'oblige à continuer. Il tourne la poignée. Entre.

Ses yeux se posent aussitôt sur son ex, assise sur le lit au milieu d'un amas de draps défaits. Le regard à la fois confus et terrifié, elle ne paraît même pas remarquer l'apparition d'Ange. Ses cris se sont transformés en un mélange de pleurs et de gémissements. Et ses bras qui entourent ses jambes sont barbouillés de rouge. *Du sang ?*

— Mal ? répète-t-il, assourdi par les battements de son propre cœur dans ses tympans. Qu'est-ce qui s'est passé ? Parle-moi, MERDE !

Pendant une fraction de seconde, le regard de son ex se pose sur lui, puis elle ferme les yeux. Sa respiration accélère. Elle commence à secouer la tête, marmonnant des paroles incompréhensibles. De plus en plus alarmé,

Ange s'approche du lit, tend l'oreille. Il finit par identifier des mots :

— … rien… rien… y a rien… t'as rien vu, Mal… le dressing est vide… y a rien dans le dressing… tout va bien… putain… tout va bien… y a rien… rien…

Et ça continue.

Qu'est-ce qui a pu la terrifier à ce point ?

Ange arpente du regard la pièce ouverte dans laquelle se trouvent la chambre et la salle de bains. Rien à signaler. Une porte coulissante est ouverte, qui mène forcément au dressing. Une trace de main sanglante est imprimée sur le mur, juste à côté. Hésitant, il force ses pieds à avancer dans cette direction.

Ange se tient devant l'ouverture, paralysé. Son cœur s'arrête. Son cerveau absorbe trop d'informations pour tout digérer d'un seul coup.

Le dressing est immense. Au moins aussi grand que la cuisine de son propre appartement. Des décorations d'anniversaire sont accrochées un peu partout : sur les étagères à chaussures, les poignées des tiroirs, les tablettes. Tout un pan de mur est réservé à des tringles installées à diverses hauteurs. Et, accroché à l'une de celles-ci, à l'aide de fils de fer barbelés…

Zeff.

Les yeux d'Ange se posent sur le bas du cadavre, qu'il avait jusqu'alors autant que possible ignoré. Il voit. La nudité. Le membre amputé. Les lambeaux de chair. La flaque de sang. C'en est trop. Un cri reste coincé dans sa gorge. Un haut-le-cœur le traverse. Il recule, perd l'équilibre et tombe sur le dos. La salive lui monte à la bouche, un spasme le plie en deux, et Ange se retourne juste à temps pour évacuer le contenu de son estomac sur le plancher.

Il tente de reprendre son souffle, de chasser l'horrible image imprégnée sur ses rétines, quand Malory, revenant à elle, bondit du lit. Elle se rue sur lui :

— POURQUOI ??? POURQUOI T'AS FAIT ÇA ???

Avant qu'Ange ait le temps de se redresser, elle atterrit sur sa poitrine. Il sent des ongles s'enfoncer dans la chair de son visage déjà sensibilisée par son altercation avec Zeff, la veille. Dès l'effet de surprise passé, il attrape les poignets de son ex. Elle se débat, possédée par une rage aveugle, tandis qu'il se relève, l'entraînant avec lui dans son mouvement. Des bruits de pas se font entendre dans son dos ; au moins une autre personne les a rejoints dans la chambre.

— Lâche-la ! ordonne une voix féminine.

Ange attend que Malory se soit un peu calmée, puis obtempère. Libérée, elle recule contre le mur, et se laisse glisser au sol, visiblement terrorisée. Il doit réfréner une puissante envie d'aller la prendre dans ses bras pour la rassurer. *Au moins, elle n'est pas blessée*, se console-t-il, supposant qu'elle a tenté de décrocher son amant des barbelés. Sinon, pourquoi ses bras seraient-ils couverts de sang ?

Ange se tourne vers les nouveaux arrivants. Ils sont deux : une grande blonde, dont les vêtements ajustés dévoilent un corps digne d'une actrice d'Hollywood, et un homme chétif couvert de taches de rousseur. La femme à l'allure de Barbie se dirige vers Malory, et s'immobilise à quelques pas de la porte du dressing. Un juron franchit ses lèvres. Son regard se durcit, puis oscille entre Malory, Ange et la scène de crime.

Taches de rousseur la rejoint, mais recule après un coup d'œil, s'appuie au mur, et blêmit. Ange se demande s'il ne va pas s'évanouir quand un bruit de sonnette retentit au rez-de-chaussée, paraissant presque provenir d'un autre univers. Personne ne s'en préoccupe. Malory tente de se relever, trébuche, et Barbie la rattrape de justesse.

— C-c-c'est Ange qu-qui a… bégaye Malory en se dégageant des bras qui la retiennent. Il… il a d-dit, hier, qu'il allait le tuer. Il a *dit* qu'il allait tuer Zeff !

Malgré ses paroles, l'incertitude fait vaciller son regard. Ange ravale avec peine la boule coincée dans sa gorge et parvient à articuler :

— C'est PAS moi, Mal. J'aurais pas… fait… *ça*. Comment tu peux penser que j'aurais été capable de…

Elle avance à deux pas de lui et le fixe, un mélange de doute et de confusion obscurcissant son regard. Les secondes s'égrènent, chacune décuplant l'angoisse qui tord les entrailles d'Ange. Il a *besoin* qu'elle le croie. Sinon, il ne pourra plus jamais respirer librement. Elle ouvre la bouche, la referme. Soupire, puis la rouvre :

— C'est un drôle de hasard, tu trouves pas ?

— Il faut appeler la police, annonce Barbie. Mon téléphone n'était plus sur ma table de chevet. Quelqu'un a le sien ?

Taches de rousseur tâte son pantalon. Lorsqu'il ne trouve rien, son regard désemparé balaie la pièce.

— Aucune idée où…

— On n'a qu'à prendre le mien, propose Ange.

Qu'il le veuille ou non, l'implication des autorités sera un passage obligé. Mieux vaut coopérer pour ne pas avoir l'air *trop* coupable. À son tour, il effleure ses poches. Pour n'y trouver que du vide.

La respiration de Malory s'accélère et devient saccadée :

— Qu-qu'est-ce… Ange… J-j-j'ai-me p-p-as…

Un homme à la masse musculaire particulièrement développée arrive en courant, essoufflé, suivi de près par un second, presque aussi grand et portant une chemise ornée de motifs très tendance. Le premier tient une enveloppe scellée par un rond de cire rouge :

— Il est où, Zeff ? demande-t-il, la panique dans la voix.

Ange voit les yeux de Malory rouler dans leurs orbites, et a tout juste le temps de la rattraper avant que son corps inconscient percute le sol.

LAÏLA
24 JUILLET
4 H 59

— Reculez, et laissez-la respirer un peu !

Laïla repousse les quatre imbéciles qui se sont agglutinés autour de la rockeuse aux cheveux bicolores. *Malory*. Des deux hommes qui viennent tout juste d'entrer dans la chambre, elle ne connaît que Patrick, avec qui elle a discuté un moment, la veille. *Un prétentieux imbu de sa petite personne*. L'autre, les mains crispées sur une grande enveloppe, a une physionomie de gorille shooté aux stéroïdes anabolisants.

— Je m'occupe d'elle, objecte Ange, tandis que Malory commence à se réveiller.

— OK, soupire Laïla. Les autres, on va leur laisser de l'air.

Elle attrape Patrick et le gorille, chacun par un bras, et les tire avec conviction du côté de la salle de bains. À sa grande surprise, tous deux se laissent faire. Seul l'homme couvert de taches de rousseur demeure immobile. Encore traumatisé par la vision de la scène de crime, devine-t-elle. Elle claque des doigts pour attirer son attention.

— Toi, là, hum…

— Thomas, répond-il sans la regarder.

— Thomas. Viens avec nous. On va faire le point sur…

Elle n'a pas le temps de terminer sa phrase qu'une sonnerie d'ascenseur retentit en provenance du couloir. Les bruits de pas d'au moins deux individus supplémentaires se font entendre. L'un d'eux marche étrangement, comme s'il sautillait. Lorsqu'ils atteignent la chambre principale, Laïla reconnaît Kariane, la coach de Zeff, ainsi que le DJ de la soirée. En constatant qu'une des deux jambes du pantalon de celui-ci est vide, Laïla revoit mentalement le cadavre de Zeff. La peau déchirée par les barbelés. La jambe charcutée. L'effusion de sang sur le plancher. La prothèse. Elle serre les dents et s'oblige à se calmer. *Garde ton sang-froid, ma vieille. C'est pas le premier bain de sang dont tu es témoin. Et tu sais que ça sert à rien de paniquer.*

Sauf que, là, les cauchemars vont recommencer, devine-t-elle. *Les rendez-vous avec la psy aussi.*

— Il est où, Zeff ? demande le gorille. Il s'agit pas de déconner, là. Faut pas tarder à…

Laïla lève un doigt pour l'interrompre, puis s'assure d'un bref contact visuel avec chacune des personnes présentes dans la luxueuse salle de bains : Patrick, Kariane, Thomas, le DJ et le gorille. Elle doit dégager de la confiance, être assez autoritaire pour garder la situation sous contrôle.

— Je sais que ça va être dur à avaler, commence-t-elle, mais ne paniquez pas, OK ? Ça ne donnera rien si on se met tous à paniquer ou à s'entraccuser. Merde… y a pas de bonne façon de le dire : Zeff est… Zeff est… *mort*. Et là, on allait appeler les flics. Quelqu'un a son portable ? On ne trouve plus les nôtres.

En entendant la nouvelle, Kariane pousse un cri, avant de plaquer ses mains sur sa bouche. Le gorille gonfle ses muscles et s'approche de Laïla, brandissant son enveloppe de manière presque menaçante :

— Voyons ! Il est pas mort, merde. Ça se peut pas ! Il est où ? IL EST OÙ, ZEFF ?

Patrick pose une main sur son épaule et le force à reculer :

— Hé, du calme, mec. C'est sûrement pas de sa faute à elle.

— Dégage. Je t'ai pas parlé, à toi. Zeff a reçu une lettre du Corrupteur. Il *peut* pas être mort !

Plus loin, Malory murmure faiblement :

— C'est… c'est vraiment le… le Corrupteur ?

La rockeuse tente de se relever… alors qu'Ange s'évertue à la maintenir en position assise, en sécurité, au sol.

— IL. EST. OÙ. ZEFF ? s'entête le gorille en appuyant sur chaque mot.

On n'est pas sorti de l'auberge, songe Laïla en pointant un doigt en direction de la penderie :

— Dans le dressing, là. Mais c'est dégueulasse. Vous devriez pas…

Trop tard. Tous ceux qui n'ont pas encore été témoins de la scène de crime s'y précipitent. Évidemment, une cacophonie de jurons, de pleurs et de cris s'ensuit. Kariane et le gorille disparaissent dans la pièce, peut-être dans l'espoir vain de réanimer un mort. Le DJ, quant à lui, s'effondre. Sachant qu'il vient d'apercevoir sa prothèse couverte du sang du chanteur, sa réaction n'a rien d'étonnant.

Les oreilles de Laïla bourdonnent. Forcément, le vrai destinataire de l'enveloppe est un de ces autres idiots. Pas elle. Elle doit s'éclipser. *Avant* qu'il soit trop tard.

— Lâche ça, bordel ! aboie le gorille, toujours dans le dressing.

Aussitôt, Kariane en émerge au pas de course, avec l'enveloppe désormais maculée de sang. Le primate la suit de près, mais s'immobilise en la voyant se réfugier entre Laïla et Patrick. Sans attendre, la coach déchire le sceau et extrait une feuille de l'enveloppe, puis commence à lire :

Aux occupants du 252, chemin de la Plage St-Laurent,

D'un coup, le silence est total. Laïla examine la calligraphie soignée par-dessus l'épaule de Kariane, qui poursuit :

Une victime a été désignée parmi vous.
Un poison lui a été administré alors qu'elle était inconsciente.

Son défi est de survivre jusqu'à 5 heures, demain matin.

Le défi prendra la forme d'une petite fête
lors de laquelle nous vous avons préparé
quelques... divertissements.

Vous aimez les fêtes. N'est-ce pas ?

Nous espérons que celle-ci vous plaira.

Si un seul participant contacte la police
avant la fin du décompte, il signera votre arrêt de mort à tous.

Et avant de prendre des décisions précipitées,
nous vous recommandons de trouver le document
complémentaire contenant quelques règles importantes...

Amusez-vous bien,

Le Corrupteur

Il ne faut que quelques secondes avant que la cacophonie reprenne.

— Qu'est-ce que ça veut dire ça, putain ? Une fête ?! Elle doit faire quoi, la victime ?

— C'est pas écrit !

— Elle doit peut-être nous tuer, ou nous torturer ?

— Ben non, ça dit qu'elle doit *survivre* !

— *It says there are rules. We really should…*

— Bon sang, c'est le Corrupteur, mec, pas une téléréalité de merde. C'est évident qu…

— Au pire, on attend pour voir si…

— Moi, je dis qu'on trouve qui est la victime, puis…

L'univers s'est embrouillé devant les yeux de Laïla. Les voix sont lointaines, décalées, de sorte qu'elle n'arrive plus à identifier à qui elles appartiennent. Une chose est sûre : appeler la police n'est plus une option. Pendant que les autres poursuivent leur argumentaire, elle se concentre sur sa respiration. Qu'elle soit la victime ou pas, elle n'a pas l'intention de mourir ici. Elle doit garder l'esprit clair.

— Qui a une montre ? demande Patrick.

Dans le silence général, Thomas lève une main :

— M-moi.

— Juste toi ?! Ben voyons ! Vous sortez d'où, les autres, pour…

— Ma montre d'entraînement me semblait l'accessoire *idéal* pour une fête, ironise la Française. Et toi, c'est quoi, ton excuse ? T'avais gaspillé tout ton budget dans ta chemise ?

L'actuaire ignore le commentaire. Demande à Thomas :

— Il est quelle heure, *précisément* ?

— Cinq heures… et euh… quatre minutes.

— OK. Bon. Va falloir un compte à rebours. Ta montre, elle peut faire ça ?

L'autre secoue la tête. Laïla ressent une pointe de jalousie ; Patrick n'a pas tardé à lui voler le contrôle de la situation. Elle s'oblige à le relancer avant de perdre son ascendant sur le groupe :

— Et si on s'éloignait du cadavre, le temps de chercher nos portables et d'établir une stratégie ? On ne peut pas appeler les flics, mais ça serait utile d'avoir un accès à Internet. Ou de pouvoir joindre nos familles…

Sa proposition est accueillie favorablement. Sauf par le gorille, qui grogne et retourne dans la penderie. Un instant plus tard, il en ressort… avec une prothèse ensanglantée. Sous le regard stupéfait des autres, il se dirige vers la salle de bains, ouvre l'eau et la nettoie avec la douchette. Il s'approche ensuite du DJ, qui refuse son membre artificiel dégoulinant.

— Prends-la, vieux. Tu vas en avoir besoin. Ce serait vraiment stupide de t'en passer.

PATRICK
24 JUILLET
5 H 49
TEMPS RESTANT AVANT LA FIN DU DÉFI :
23:01

Huit.

Ils ne sont QUE huit.

Patrick observe les individus présents, chacun installé à une extrémité de la table octogonale. Une fois la prothèse du DJ remise en place et le groupe passablement calmé, ils ont fouillé la totalité du manoir. Plutôt deux fois qu'une. Aucun portable – ni même l'ombre d'un téléphone filaire, d'ailleurs – n'a été trouvé. En revanche, ils ont repéré divers indicateurs de temps : une horloge au salon, un cadran dans la chambre principale, ainsi que les afficheurs numériques sur le four électrique et le micro-ondes. Patrick tâte son poignet, maudissant sa montre connectée, dont l'écran s'est fissuré en plein vol durant son retour de Singapour.

Pendant leurs recherches, ils ont aussi découvert une porte en métal, au sous-sol, verrouillée par un clavier numérique. Quant aux fameuses « règles » : rien. Ils n'ont toujours aucune idée de l'identité de la victime ou de la teneur de son défi… à part celui de survivre.

Ils sont désormais regroupés dans la deuxième salle à manger, dans une atmosphère tendue et survoltée, comme si la moindre étincelle risquait de déclencher un incendie. Patrick regarde par les fenêtres. Au-dessus de la forêt, le ciel est lourd et chargé. *C'est pas tellement mieux dehors que dedans.* Découragé, il reporte son attention sur la seule chose réellement importante :

La lettre, au centre de la table.

Même après l'avoir relue des dizaines de fois, ils avancent à tâtons. Ce qui, aux yeux de Patrick, n'a aucun sens ; le Corrupteur ne semble pas du genre à laisser dans ses défis une grande place au hasard. Pourquoi n'a-t-il donné aucune indication quant à l'emplacement des règles ? Dans une résidence aussi vaste, c'est comme chercher une aiguille dans une botte de foin. Et en l'absence de nouvelles données, le calcul est simple : Patrick a une chance sur huit d'être la victime. Il n'a donc *probablement* pas été empoisonné. À quoi bon, alors, rester et s'empêtrer dans une « fête » à laquelle il n'a pas envie de participer ? Ce serait stupide.

Sauf si le Corrupteur punit les fugitifs…

Patrick est embourbé dans ses réflexions et ses calculs quand Laïla se lève, faisant grincer les pieds de la chaise en cuir. Sans un mot, elle fouille les armoires les unes après les autres, et déniche une réserve de paquets de chips. Elle en prend deux, les ouvre et les dépose sur la table, après avoir formé un petit tas devant elle.

— Mangez. Vous serez pas plus avancés en crevant de faim.

Joignant le geste à la parole, elle enfonce quelques chips dans sa bouche. Personne, toutefois, ne l'imite. Elle hausse les épaules.

— Comme vous voulez. Et si on se présentait ? Va falloir travailler en équipe si on veut s'en sortir.

Malory émet un bruit sarcastique, à mi-chemin entre un rire et un reniflement. Sans paraître s'en offenser, Laïla noue sa chevelure blonde en une longue queue-de-cheval, puis commence :

— Moi, c'est Laïla, je suis secrétaire chez un dentiste. Je connais Zeff depuis… quelques mois, peut-être. On s'est rencontrés dans une soirée.

Évidemment, elle cache son passé de danseuse et sa véritable relation avec le chanteur. Mais Patrick n'est pas étonné : personne n'a intérêt à sortir du lot. Elle attrape une chips et se tourne vers son voisin, un type d'allure timide couvert de taches de rousseur. Il se gratte les avant-bras tout en prenant la parole d'une voix résignée :

— Thomas, technicien en architecture. J'ai… j'ai pas de relations ici, c-c'est mon beau-frère qui était l'invité de Zeff. C'est donc *sûr* que c'est pas moi, la victime.

Le prénommé Thomas pointe l'imbécile à la musculature surdéveloppée qui lève les mains de manière défensive :

— *Wow* ! Ça veut rien dire, ça. Ça fait super longtemps que t'es supposé m'accompagner. Et puis, en plus…

— Hé, l'interrompt Laïla. Je vous demande pas de vous lancer des accusations. Présente-toi.

— OK, du calme, ma jolie. Je faisais juste…

Devant le regard noir qu'elle lui lance, il se reprend :

— Merde, si tu veux me mordre, préviens-moi. On va se trouver une chambre. Ha ha ! Moi, c'est Quentin. Je suis – ou, plutôt, j'étais – un ami d'enfance de Zeff. Si j'avais eu mon portable, j'aurais pu vous montrer mes petites jumelles de 5 mois. Ce serait super cruel de les rendre orphelines. À part ça, ben… je hais les chats, et j'ai une putain de grosse…

— Non ! proteste Laïla en écartant les bras.

— T'es sûre que tu veux pas d'autres détails ? Je peux y passer la journée, moi.

Laïla lève les yeux au ciel. Les regards se rivent ensuite sur le suivant, Patrick. Agacé, il s'oblige toutefois à collaborer. Jouer le jeu du bon gars semble la meilleure option.

— Patrick. Ou Pat, si vous préférez. Je suis actuaire. Je suis arrivé hier matin d'un congrès à Singapour – c'est là que la maison-mère de ma compagnie de réassurance est située. J'avais dit à Zeff que je pourrais sûrement pas être là, mais j'ai changé d'idée à la dernière minute. Voilà.

Le tour de table se poursuit. Le DJ se nomme Gabriel. Son français parlé est horrible, mais il semble apte à suivre les conversations. La Française, Kariane, est coach et professeure de yoga. Depuis qu'elle a lu la lettre, elle a à peine ouvert la bouche.

Enfin, les deux derniers sont assis côte à côte comme s'ils se connaissaient, sans toutefois s'adresser le moindre regard. La femme, au style punk rock, essuie ses joues luisantes de larmes. Ses mains et ses avant-bras exhibent quelques stries rouges, oubliées lorsqu'elle s'est nettoyée avant l'exploration du manoir.

— M-m-malory. Je…

Elle hoquette, puis se remet à sangloter. Son voisin serre ses bras contre sa poitrine, l'air à la fois triste et furieux.

— Ange. Je suis danseur professionnel, et l'ex de Mal. Depuis hier. J'ai jamais été invité à la fête. Et j'aurais jamais dû venir.

Malory rougit et plaque ses mains contre son propre visage.

Ça va pas tarder à devenir invivable.

— Pour sauver un maximum de gens, reprend Laïla en se donnant un air supérieur, va falloir se serrer les coudes. Et je pense qu'on est tous d'accord sur le fait qu'il faut pas avertir la police, hein ? Je propose qu'on…

— Se serrer les coudes, ça nous mènera nulle part, grogne Quentin, les bras croisés. C'est pas comme si on avait un moyen de savoir *qui* est la victime ! Et puis, qui t'a proclamée l'experte de la situation, « Miss Parfaite » ? Personne ne va me dire quoi faire. Ce que je veux faire, c'est décamper.

Laïla se lève, plante ses poings sur la table et répond, deux tons plus aigus et avec suffisance :

— Bien, le mastodonte. Je te retiens pas. Pourquoi t'es encore ici, hein ? Pourquoi on est *tous* encore ici ?

Personne n'ose répondre.

— Parce que tout le monde a autant peur de partir que de rester, poursuit-elle. Tu sais, toi, ce qu'il va faire, le Corrupteur, à ceux qui s'enfuient ? Non ? Est-ce qu'il va les tuer ? Ou est-ce qu'il va les laisser bousiller son défi ? Si t'as envie de te sacrifier pour nous, fais-toi plaisir. Tu vas faire sept heureux. Après ça, on va savoir à quoi s'en tenir !

La discussion reflète aussi bien les hésitations de Patrick, qui s'efforce de mettre ses émotions de côté pour effectuer un choix basé sur la logique. Et même si chaque minute d'indécision risque de lui coûter la vie, il continue de tergiverser :

— Tu proposes quoi, alors ?

— On réunit toutes les informations qu'on a, et on essaie d'identifier la victime. Après ça, le défi va sûrement être plus clair. Ou peut-être qu'on aura une meilleure idée de l'endroit où chercher les règles…

Malory éclate d'un rire teinté de folie. Elle recule sa chaise, pose ses pieds – chaussés de bottes fuchsia à clous – sur la table, et croise ses bras derrière la tête. L'air satisfait d'avoir attiré l'attention, la chanteuse lâche, désinvolte :

— On a le temps de tous finir comme Zeff avant d'avoir trouvé.

Laïla la gratifie d'un sourire exagéré et fait claquer sa langue :

— Je suis ouverte, si vous avez de meilleures idées… Non ? Personne ? Bon, il doit y avoir du papier et des crayons dans le bureau. Je vais aller en chercher. Ensemble, on va s'en sortir, je vous le dis.

GABRIEL
24 JUILLET
7 H 17
TEMPS RESTANT AVANT LA FIN DU DÉFI :

21:43

Le groupe continue de gaspiller le précieux temps encore à sa disposition. À travers les querelles et les désaccords, Laïla a dessiné un schéma, et a écrit une page de notes pour chaque personne. Elle a inscrit les risques de chacun d'être la victime du Corrupteur, les informations connues, ainsi que les allées et venues au cours de la soirée. Les papiers sont éparpillés au centre de la table, et personne n'est plus avancé ; l'identité de la victime demeure un mystère. Et le sentiment d'urgence est moins présent que ce à quoi Gabriel se serait attendu. Comme si le fait de *ne pas savoir* rendait moins réelle la situation dans laquelle ils sont coincés. Ou moins dangereuse…

Alors que c'est probablement l'inverse, en réalité.

Pourtant, Gabriel a des difficultés à se concentrer sur la tâche. La barrière de la langue ne l'aide pas. Il commence à avoir mal au crâne à force de traduire les échanges. Sans son année passée dans une prison provinciale[1] auprès de codétenus majoritairement francophones, il ne comprendrait pas un traître mot. Et comme si ce n'était pas suffisant, les images du corps de Zeff et de la prothèse ensanglantée ressurgissent sans cesse dans son esprit, raréfiant chaque fois l'air qu'il parvient à inspirer. Son membre artificiel le répugne au point qu'il doit lutter contre une envie de le retirer et de le brûler dans la cheminée. Pour couronner le tout, son moignon est humide et sa peau, irritée.

La situation idéale pour lui faire oublier les techniques de gestion de la colère apprises pendant son incarcération, réalise-t-il en essuyant la sueur sur son front.

Sans réfléchir, il plonge une main dans un paquet de chips et en glisse une dans sa bouche… pour le regretter aussitôt. Les nausées le reprennent.

Pourquoi a-t-il accepté ce foutu contrat ? Pourtant, il détestait ce chanteur arrogant. Il a même exigé un prix exorbitant pour être présent à cette soirée. Ce prix, à présent, paraît dérisoire en comparaison de sa propre vie.

---

1. Au Canada, les prisons provinciales sont gérées par les gouvernements provinciaux et accueillent les personnes en attente de jugement, ainsi que les détenus condamnés à des peines jusqu'à deux ans moins un jour. (NdE).

Si seulement tu avais décidé de partir au lieu de t'obstiner pour être payé pour la totalité de la soirée, pauvre crétin.

Laïla tape des mains pour attirer l'attention sur elle, avant de résumer :

— Quentin, Malory, Kariane, Gabriel et moi sommes les victimes les plus probables. Suivis de Patrick et Thomas, qui n'étaient pas certains de venir, puis d'Ange, qui n'était même pas invité. Malory entretenait un lien particulier avec Zeff, mais peu de gens le savaient. Gabriel, à cause de sa jambe artificielle, est de toute évidence lié au crime. Sauf que…

— *I can't figure out why he did that.*

Les regards intrigués se tournent vers Gabriel, qui n'avait pas réalisé avoir formulé ses pensées à haute voix. Il explique, tant bien que mal :

— Pourquoi certains d'entre nous *were… moved*, pendant leur… inconscience ? Pourquoi on m'a… enlevé mon jambe pour la mettre sur la scène de crime ? *What's the point* ? C'est… *almost… childish.*

— Pour la même raison qu'il a placé Quentin avec Kariane, suggère Malory tout en pianotant sur la table. Foutre la merde ?

Laïla pince les lèvres, secoue la tête. L'importance qu'elle se donne tape déjà sur les nerfs de Gabriel.

— Ou peut-être qu'il souhaitait mettre en évidence certaines choses ? suggère-t-elle. Toi, Mal, t'as été placée dans la chambre de Zeff, ton amant. Pat, sur un canapé, dans ce qui est peut-être la pièce la plus luxueuse de la maison. Ange, Thomas et moi, on était chacun dans une des chambres, à l'étage. Seuls. Sauf que moi, je me souviens de m'être couchée là. Et toi, Gabriel… il t'a laissé par terre. Ça doit vouloir dire quelqu…

Kariane bondit sur ses pieds :

— J'étais dans la cuisine, hier, avec une partie du groupe, dont Zeff. Et il a fait une mauvaise blague sur le fait que la prestation de Gabriel lui coûtait *une jambe*. J'avais pas compris à ce moment-là, mais… du coup… ça pourrait être lié. Le Corrupteur a peut-être un sens de l'humour tordu. Ou il souhaitait punir Zeff pour son commentaire déplacé. Je sais pas…

L'estomac de Gabriel se serre ; il regrette d'avoir provoqué cette conversation. La dernière chose dont il a envie est de partager son mépris pour le chanteur, alors que tous les autres l'idolâtraient.

— Ça veut rien dire, tout ça ! s'exclame Quentin. C'est de la merde, et le Corrupteur, il se fout de nos gueules. Réveillez-vous ! On n'est rien qu'un groupe de pantins, pour lui. Moi, je vote pour qu'on arrête d'enfiler des perles et qu'on se lève le cul des chaises. Il reste *un* endroit où on n'a pas vraiment cherché les règles… Et je parierais que c'est là qu'on va les trouver.

Ange lui lance un regard outré :

— Y a aucune putain de chance que Mal ou moi, on retourne dans cette chambre de malheur. C'est *hors de question*.

Malory roule des yeux, mais Ange ne semble pas s'en apercevoir. Ou s'en moque. Quelqu'un d'autre réplique, le ton grimpe. Au bout d'un moment, Gabriel se racle la gorge pour attirer l'attention :

— *I think we should*… essayer d'ouvrir la… la porte barrée, dans le sous-sol. Cette nuit, on a été endormis par un… un… *mysterious gaz*. Si on veut pas que ça arrive encore… faudrait trouver la salle des machines et fermer le *breaker* de la ventilation. Ou en tout cas, faire quelque chose.

— C'est pas bête, appuie Patrick en se frottant le menton.

Quentin pousse un soupir exaspéré et écarte les mains :

— Les gars, faut voir nos priorités. Chercher les trucs importants… ou s'éparpiller en missions inutiles ?

En réponse, l'actuaire hausse à peine un sourcil.

— Vous n'avez qu'à vous séparer. De toute manière, ça ne servira à rien d'être sept dans le dressing…

— *Sept* ?! s'étonne Quentin. Et toi, tu vas être où pendant ce temps ?

— Moi ? répond Patrick en souriant tout en sortant une clé électronique de sa poche arrière. Tout bien réfléchi, je vais foutre le camp d'ici. S'il y en a d'autres qui veulent tenter leur chance, vous êtes les bienvenus. Ma voiture est dans le garage.

MALORY
24 JUILLET
7 H 26
TEMPS RESTANT AVANT LA FIN DU DÉFI :

21:34

Depuis un moment déjà, Malory ne tient plus en place. Elle supporte très mal l'immobilité… et les imbéciles – ce qui, selon elle, représente quatre-vingt-dix-huit pour cent de la population. D'ailleurs, Miss Parfaite, avec sa voix haut perchée, est de plus en plus insupportable. Heureusement, cette séance de torture est sur le point de s'achever, constate Malory en voyant Quentin bondir de sa chaise, gonflé à bloc :

— Super ! On va *enfin* savoir si t'es vraiment plus brillant que les autres, *l'actuaire*. (Il secoue la tête, puis s'adresse au reste du groupe.) D'accord. On va les trouver, ces putains de règles. Et je m'attends à vraiment n'importe quoi. Elles pourraient même être inscrites direct sur le plancher, sous le sang. Alors, on va apporter ce qu'il faut pour nettoyer la… la scène de crime, et si on trouve rien, on cherchera plus… en profondeur.

Laïla est la première à se lever pour l'accompagner, suivie de près par Thomas, que Quentin intercepte :

— Non. Reste avec le groupe, Tom. Je voudrais pas qu'ils fassent des conneries sans que je le sache.

Un silence s'ensuit, plus personne ne se manifeste. Quentin roule des yeux, puis commence à s'éloigner en direction du corridor. Il faut deux battements de cœur supplémentaires à Malory pour prendre une décision. Et un troisième pour se donner le courage de la mettre à exécution.

— Je vous accompagne à la chambre, lance-t-elle en bondissant de sa chaise.

Son mouvement est toutefois freiné par Ange qui lui agrippe le poignet, tournant vers elle un visage à la fois surpris et insulté. Elle tire pour récupérer son bras et lui répond d'un sourire qu'elle espère rassurant. *Franchement, il s'imagine que je vais laisser ma vie entre les mains de ces incapables ?*

Cependant, tandis que Malory tourne le dos à la table pour s'éloigner, elle entend Ange qui se lève. Il la suit.

Tellement prévisible.

En sortant de la cuisine, le couloir se prolonge jusqu'aux escaliers de service, puis à la chambre froide, à la buanderie et, enfin, au garage. Quentin et Laïla sont arrêtés devant la buanderie quand Ange et Malory les rejoignent.

— Je vais aller chercher des cisailles pour les barbelés, annonce Quentin. Occupez-vous du reste : sacs, fringues, seau, serpillière et tout. On va tout faire pour trouver ces putains de règles.

Sans attendre de réponse, il fait volte-face et poursuit son chemin jusqu'à la porte du garage, quelques mètres plus loin. Laïla grommelle une insulte entre ses dents avant de pénétrer dans la pièce, suivie d'Ange, puis de Malory, qui les observe rassembler en vitesse sur un sèche-linge dernier cri le matériel demandé.

C'est une vraie mine d'or ici, songe-t-elle en apercevant des allumettes, du ruban adhésif, des ciseaux, des bougies, des lampes de poche… Bref, un tas d'objets qui pourraient être utiles en cas d'urgence.

— Vous avez tout ce qu'il faut ?

La voix de Quentin fait sursauter Malory. Il tient une grosse paire de cisailles dans ses mains. *Ça n'a pas été long.*

Les bras chargés de matériel, Laïla répond par l'affirmative. Puis, la tête haute, elle s'empresse de devancer Quentin à l'avant du petit groupe. En suivant dans les escaliers de service, Malory ne peut s'empêcher de penser au chanteur : lui et elle caressaient l'idée d'un album en duo depuis plusieurs semaines. Cette initiative devait enfin lancer sa carrière qui, malgré l'émission *Rock or Die*, stagnait – contrairement à celle de Zeff.

Ils avaient même commencé à travailler sur de nouvelles chansons.

Cependant, lorsque le moment était venu de procéder à l'annonce officielle, il avait reculé, prétendant que ses propres projets lui demandaient déjà trop de temps. Elle n'avait pas eu d'autre choix que d'user de ses charmes et d'un brin de manipulation pour le persuader. Et s'il lui fallait briser le cœur d'Ange pour y parvenir, tant pis. C'était un sacrifice qu'elle était prête à accepter. Une telle opportunité ne se présenterait pas deux fois, après tout. Le soir de la fête devait être celui où elle aurait remporté sa victoire. Et ça avait fonctionné.

Jusqu'à ce que le Corrupteur fasse basculer son rêve dans le néant.

À présent, elle ne voit qu'une solution : trouver un moyen de tirer parti du drame. D'autant plus que, maintenant que le grand gagnant de *Rock or Die* est mort, la seconde favorite aura peut-être son heure de gloire. Cette pensée lui arrache un sourire – qu'elle masque aussitôt en se mordant la lèvre.

En atteignant le haut des marches, Malory s'immobilise. Elle arrête de ruminer ses plans brisés. Reporte son attention sur le présent. Parce que, avant tout, elle doit *survivre*. Elle s'appuie à la rambarde et fixe ses mains encore tachées de sang. Celui de Zeff, mais aussi le sien ; dans la panique, elle s'est blessée en tentant de le décrocher de la tringle, mais personne n'a semblé s'en apercevoir.

Même si elle ne regrette pas sa décision de suivre Quentin, Malory n'a aucune envie de revoir la scène de crime. *Tout ce sang.* Un haut-le-cœur lui serre l'estomac. Même en sachant la position délicate dans laquelle Ange les a trouvés, Zeff et elle, la veille, comment a-t-elle pu l'imaginer capable d'une telle barbarie ? Il peut lui arriver d'être… surprotecteur, mais pas… complètement dérangé.

— Ça va aller ?

La voix d'Ange la fait sursauter. Malory remarque qu'il est planté à quelques pas d'elle, les sourcils froncés par l'inquiétude. L'éclairage accentue les contusions sur son visage. Il tient dans ses mains un gros seau et une serpillière. Elle songe à l'ignorer, puis se ravise ; elle a besoin d'un allié dans cette histoire. Si elle souhaite que son ex continue de la protéger, elle a intérêt à jouer la carte de la culpabilité.

— Oui, je pense. J'ai pas envie de retourner là-bas. Mais… j'ai comme l'impression que c'est important. Je veux pas mourir, Ange.

Elle avance d'un pas, laisse son regard s'emplir d'eau et ajoute des trémolos dans sa voix :

— Je m'excuse tellement. Je… j'avais pas l'intention de… Oh ! Ange. Je sais que je t'ai blessé. Mais *vraiment* blessé. Et c'était stupide de ma part. *Si* stupide. Zeff a… Il m'a proposé une carrière en duo, et hier… Il savait à quel point c'était important pour moi. Je me rends compte que j'ai été manipulée comme une débutante. Si tu savais combien je suis désolée.

Elle enfouit son visage au creux de ses paumes. *T'en fais un peu trop*, se dit-elle en observant le silence. Elle s'essuie les joues au bout d'un moment, relève la tête, renifle.

Ange est toujours là, comme pétrifié, probablement déchiré entre l'envie de la consoler et celle de l'envoyer paître. Il doute, mais il *a envie de* la croire, comprend-elle. La douleur qui se lit sur ses traits génère une réelle boule de culpabilité dans son estomac : elle aimait Ange, à sa manière. Peut-être même l'aime-t-elle encore. Juste pas autant que son désir de réaliser son rêve. Et bien que cette constatation la fasse se sentir comme un monstre, elle l'assume.

Plutôt que de laisser se prolonger cette double torture, elle contourne son ex et poursuit son chemin en direction de la chambre principale. La voix de Laïla devient plus forte à mesure que Malory approche :

— Pourquoi je serais moins capable que toi d'analyser une scène de crime, hein ?

Quentin et elle se font face devant le dressing, ignorant le pauvre cadavre à quelques mètres d'eux.

— C'est pas ce que j'ai dit ! Je suis pas sans cœur, putain. J'essaie juste de t'épargner de…

— Tu t'imagines que je vais rester en retrait et noter tes observations parce que je suis secrétaire ? Et risquer que tu effaces des informations importantes, intentionnellement ou non ?!

— Pourquoi je…

— Allez, dégage, le gorille. Je veux entrer.

— OK ! OK ! C'est pas possible ! T'as tes règles ou quoi ?

Laïla pousse un bruyant soupir d'exaspération. Elle dépose son matériel de nettoyage, prend les cisailles des mains de Quentin, puis pénètre dans la penderie. L'air désemparé, Quentin cligne des yeux, avant de remarquer la présence de Malory :

— Vous avez oublié des sacs poubelles.

Doutant d'avoir le courage d'effectuer deux fois le trajet jusqu'ici, elle rétorque :

— Je vois pas à quoi ça va servir.

— Les guirlandes, les décorations, et tout le reste, si on veut pas les avoir dans les jambes, faudrait…

— Je m'en occupe, dit Ange d'un ton détaché.

Il passe à côté d'elle, dépose près de la penderie le seau et la serpillière, puis repart en sens inverse. Sans même lui adresser un regard. À peine a-t-il disparu que Laïla, invisible depuis l'endroit où Malory se tient, lâche :

— C'est écœurant ! Hé ! J'ai trouvé quelque chose !

Quentin s'empresse de la rejoindre, laissant Malory seule dans la chambre, à mi-chemin entre le présent et le passé. Hier encore, elle sentait les bras de Zeff – *bien vivant* – autour d'elle. Juste ici. Et elle avait beau ne pas *l'aimer*, le juger misogyne et puéril, elle appréciait vraiment le temps passé en sa compagnie.

Crispée, elle force ses jambes à avancer. Un pas. Un autre. Lorsqu'elle arrive devant la porte coulissante, le choc la paralyse ; la première fois qu'elle a vu le corps, elle était tellement bouleversée qu'elle n'en a gardé qu'une impression générale. Mais à présent, chaque détail lui saute aux yeux.

Son amant est nu comme un ver, les yeux et la bouche sont grands ouverts. Un enchevêtrement de fils barbelés est enroulé autour de sa taille, de ses bras, de sa poitrine, de sa tête même, et le tient attaché à une tringle, ce qui le maintient en position quasi verticale. Ses bras sont écartés en forme de croix, mous, sans vie. Les épines métalliques déchirent la peau sombre, créant des ruisseaux noirs désormais figés dans le temps. Les plaies sont profondes : des dents sont visibles à travers la joue ouverte en diagonale. On devine que Zeff s'est débattu avec violence pendant qu'il était accroché. Malory n'ose même pas imaginer le supplice. On peut voir, dans le sang répandu, les traces de doigts qu'elle a laissées lorsqu'elle a, dans sa panique, tenté de libérer le chanteur.

Alors qu'il était déjà mort.

Comme si ce n'était pas suffisant, un garrot noir comprime une jambe, au-dessus du genou. Pendouillant sous celui-ci : quelques lambeaux de chair, de muscles, un bout d'os. La blessure est tout sauf franche, comme si elle avait été réalisée avec une vulgaire scie à main. Et le membre amputé a été négligemment abandonné dans un coin, près d'un tas de vêtements – ceux que Zeff portait, la veille.

La prothèse de Gabriel, quant à elle, avait été attachée à la cuisse par un ruban : celui-ci se trouve désormais au sol, amalgamé à la croûte de sang, d'urine et de selles lâchées par le défunt.

Pour agrémenter le tableau, des décorations de fête ont été ajoutées un peu partout. Des guirlandes multicolores, des confettis, des spirales suspendues… La plupart constellés de taches rouges. Un chapeau d'anniversaire conique trône sur la tête du chanteur.

En frissonnant, Malory se remémore les mots de la lettre du Corrupteur, qu'elle a dû lire une cinquantaine de fois au moins : « Vous aimez les fêtes. N'est-ce pas ? J'espère que celle-ci vous plaira. »

Elle inspire, tente d'ignorer les effluves répugnants, puis reporte son attention sur Laïla et Quentin, tous deux penchés sur ce qui semble être une feuille de papier. Laïla tremble de la tête aux pieds. Un mauvais pressentiment serre les tripes de Malory :

— Vous avez trouvé quoi ?

— Ça a dû tomber de la prothèse quand je l'ai détachée pour la remettre à Gabriel, répond Quentin d'une voix étranglée. Il y avait plein de sang partout, j'avais pas remarqué le putain de petit sachet en plastique. Y avait *ça*, dedans.

KARIANE
24 JUILLET
7 H 32
TEMPS RESTANT AVANT LA FIN DU DÉFI :
21:28

Le garage à quatre places contient trois véhicules : un tracteur tondeuse, la Mustang Shelby orange de Zeff et une Maserati bleu électrique – appartenant sans doute à Patrick. Tandis que la porte grimpe sur ses rails, Kariane regarde avec envie l'actuaire qui s'éloigne vers sa voiture. Pourquoi ne partirait-elle pas avec lui ? Elle pourrait lui demander de la déposer quelque part. N'importe où. Et disparaître. Changer d'identité. Personne, pas même le Corrupteur, ne la retrouverait. Après tout, elle n'a que peu d'attaches au Québec. Quelques amis et clients, c'est tout.

Mais quelque chose la retient : un sentiment sournois qui rampe le long de sa colonne vertébrale, et qui laisse sur son passage une impression suffocante et étourdissante.

La peur.

Jamais, de toute son existence, elle n'a été aussi terrifiée.

Si elle reste, qu'est-ce qui l'attend ? Que peut bien impliquer cette « fête » dont parle le Corrupteur dans sa lettre ? Depuis qu'elle a fui son pays natal et, surtout, sa famille d'entrepreneurs véreux, Kariane s'est toujours fait un point d'honneur d'être une bonne personne. Souriante. Impliquée socialement. Aimable – sauf avec les crétins de la trempe de Quentin. Qu'elle soit la cible principale du Corrupteur ou non… elle doute d'avoir le cœur assez solide pour traverser vivante cette épreuve.

Sauf peut-être si elle parvient à laisser ses scrupules de côté, comme lorsqu'elle aidait son père à escroquer ses pauvres victimes.

Perdue dans ses pensées, elle ne porte pas attention à Gabriel et à Thomas, tous deux occupés à chercher un objet pouvant servir à défoncer la porte fermée au sous-sol. Le DJ est le premier à la rejoindre près de la sortie :

— J'aurais préféré une… masse. Mais j'ai trouvé seulement ça.

Il désigne une hache, dont il appuie ensuite le manche sur son épaule. Kariane lance un regard circulaire dans le garage : un établi avec quelques outils, une pièce de rangement, d'immenses tablettes remplies de vieilleries…

Une pelle et divers outils de jardinage sont accrochés aux murs. Et une porte mène à l'arrière de la maison.

Elle se rend jusqu'à l'établi, s'arme d'un marteau, puis insuffle autant de confiance que possible dans sa voix :

— Ça devra suffire. On y va.

Patrick fait vrombir le puissant moteur de sa Maserati au moment où Thomas, Gabriel et Kariane quittent le garage. Ils contournent Ange – qui retourne dans la buanderie pour une raison mystérieuse –, puis se dirigent vers l'escalier de service. À cause de sa prothèse, Gabriel descend une marche à la fois. Thomas, si frêle qu'on peut presque se demander comment il supporte son propre poids, le suit de près. En les observant, Kariane regrette soudain son choix d'accompagnateurs. *Si les choses tournent mal, ces deux mecs seront les premiers à mourir, de toute évidence.*

Une fois au sous-sol, Gabriel appuie sur un interrupteur, illuminant une grande pièce presque vide. Seul point d'intérêt : un grand cellier vitré. La clé, laissée dans la serrure, n'a plus rien à protéger. Comme c'est un manoir de location, normal que l'endroit soit vide. La seule bouteille de vin que Kariane aperçoit est malheureusement impossible à boire : il s'agit d'une figurine miniature accrochée à la clé qui pendouille sous le verrou.

Plus loin, un couloir mène à la salle de cinéma et au reste du sous-sol. Le groupe n'a toutefois pas besoin de s'y aventurer, la porte fermée étant située juste sous l'escalier. Gabriel tente quelques combinaisons faciles sur le clavier électronique : 0-0-0-0, 1-2-3-4, 1-1-1-1.

— On sait même pas si c'est un code à quatre chiffres, lui fait remarquer Kariane.

— *I know*. Mais ça coûtait rien d'essayer. *OK… stand back*.

Il donne un élan à la hache et frappe la porte, causant un fracas assourdissant. La poignée saute, atterrit sur le plancher. Mais l'acier épais se déforme à peine.

— *Fuck, I'll try again.*

— Attends ! Pourquoi tu essaierais pas le mur, à côté ? propose Thomas.

Gabriel hoche la tête, puis effectue la manœuvre suggérée. À la première tentative, un morceau de plâtre saute, dévoilant, juste en dessous, une nouvelle paroi métallique.

On n'est pas sorti de l'auberge…

ANGE
24 JUILLET
7 H 34
TEMPS RESTANT AVANT LA FIN DU DÉFI :

21:26

Lorsqu'Ange se trouve à proximité de Malory, il perd complètement la faculté de réfléchir. Et ça le rend fou. Aller chercher des sacs poubelles pour Quentin est donc un bon prétexte pour s'éloigner de la chambre principale. Pourtant, il s'en veut de l'abandonner à la première occasion. Cette fille lui a sauvé la vie, après tout. Quel hypocrite il serait de ne pas la protéger, maintenant qu'ils sont impliqués dans un défi du Corrupteur !

Absorbé par son conflit intérieur, Ange redescend au rez-de-chaussée. Il croise Gabriel, Thomas et Kariane au moment où eux sortent du garage, sans Patrick.

Une hache repose sur l'épaule du DJ. De l'autre côté de la porte, le moteur d'une voiture de sport gronde férocement.

Ange s'écarte pour laisser passer les autres, puis entre dans la buanderie. Il ouvre les armoires, les tiroirs. Au bout d'un moment, il trouve, derrière une bouteille d'eau de Javel, une boîte jaune à moitié pleine de sacs. Il s'en empare et rebrousse chemin. Torturé par la désagréable impression d'avoir perdu trop de temps, il gravit les marches deux par deux.

Le tapage commence, au sous-sol, alors qu'il atteint le sommet des escaliers. On entend clairement, même à deux étages de distance, le bruit des coups donnés sur la porte métallique. Ange prie en silence que le second groupe réussisse à la défoncer. Et que le système de ventilation ou le panneau électrique y soit effectivement dissimulé, comme semblait le croire Gabriel. Il n'a aucune envie d'être à nouveau endormi sans son consentement.

Les doigts crispés sur la boîte, il se dirige à contrecœur vers la chambre, puis vers la penderie. Il trouve les trois autres penchés au-dessus de ce qui semble être une feuille jaunie. Le corps du chanteur est toujours suspendu à la tringle.

— M-Mal ? Qu'est-ce qu…

Remarquant alors sa présence, Malory arrache le papier des mains de Laïla et s'approche pour le lui tendre. Ange dépose la boîte, saisit le document et baisse les yeux sur l'écriture manuscrite :

Règles du défi

1. La fête ne prendra fin que lorsque vous aurez éliminé la victime.

2. Tant que la fête continuera, d'autres scènes de crime surviendront pour vous motiver.

3. Chaque scène de crime comprend une activité où vous pourrez obtenir des indices sur l'identité de la victime.

4. Aucun d'entre vous n'est à l'abri.

5. En cas d'échec, ou si vous tentez de quitter la propriété, vous mourrez.

La vision d'Ange se trouble. Les mots se dédoublent. Il a le sentiment que l'univers entier est en train de l'avaler. Un bruit sourd tambourine dans ses tympans : son cœur, croit-il, avant de réaliser qu'il s'agit plutôt du tapage généré par l'autre groupe. Cette histoire de porte à défoncer et de gaz somnifère lui paraît maintenant futile. Le Corrupteur prévoit de nouvelles scènes de crime. Donc, davantage de meurtres. Est-ce que l'un d'entre eux sera touché ? Lui ? Malory ? *Merde.*

— Y avait ça avec les règles.

La voix de Laïla l'oblige à revenir à la réalité. Elle lui tend un petit appareil gris, qui a l'allure d'un chronomètre de sport relié à un cordon noir. Ange s'en empare et l'observe de plus près. Dans le coin supérieur, l'écran numérique affiche midi et demi. Et, en plus gros, un compte à rebours indique quatre heures cinquante-trois minutes. Le délai avant la prochaine scène de crime ? Les secondes s'égrènent, et Ange a la soudaine impression de suffoquer.

Il retourne l'instrument. À l'arrière se trouve un bouton, légèrement renfoncé, mais assez gros pour permettre d'appuyer dessus avec un doigt. « En cas d'urgence », peut-on lire juste en dessous. Ange retient l'envie de le presser quand Malory pose une main sur son épaule :

— Ange ? Ça… ça va aller ?

Alors, une puissante colère explose dans son corps, fait danser des points lumineux devant ses yeux. Il lui donne brusquement le chronomètre, chiffonne la feuille et l'envoie valser à l'autre bout de la pièce.

— Ça va aller ? Ça va ALLER ?! Putain, t'as quoi dans le cerveau, Mal ? On va crever. *Je* vais crever avant même d'avoir la chance de donner le spectacle de danse de ma vie. Toutes ces heures de pratique foutues en l'air. Et pourquoi ? POURQUOI ?! Pour une pauvre conne manipulatrice en manque d'attention qui mériterait même pas que je gaspille mon énergie sur elle ! Va chier, Mal. Va juste CHIER. Je vais pas tuer pour te protéger. Compte même pas là-dessus.

Ensuite, il fait la chose la plus difficile de son existence : au lieu de fuir, comme tout son être en aurait envie, il reste là, sans bouger, le regard planté dans celui de son ex. La mettant au défi de le contredire. Mais lorsqu'elle ouvre la bouche, c'est plutôt pour demander :

— Patrick… Il avait l'intention de s'en aller… Est-ce qu… est-ce qu'il est trop tard ?

Ange a la sensation de réintégrer la réalité à coups de claques au visage :

— Je pense, oui. J'ai entendu un moteur dans le garage.

— Je vais aller voir.

Elle va chercher le papier froissé, pivote et part en courant.

— C'est pas que le drame me déplaît en général, dit Laïla, mais c'est pas trop le moment. Dans les règles, il est écrit qu'on va trouver des activités à faire là où il y a des scènes de crime. Et j'ai vraiment hâte de savoir ce qui nous attend pour la suite. Quentin, peux-tu m'aider à…

Ange n'entend pas la suite. Ses oreilles bourdonnent. Un brouillard obscurcit peu à peu sa vision. Il prend une profonde inspiration, et sort de la penderie. Il traverse la chambre, pénètre dans la salle de bains, ouvre le robinet et s'asperge le visage d'eau. Il boit ensuite plusieurs gorgées dans l'espoir de faire redescendre l'acide dans son estomac.

Puis il se recroqueville par terre à côté de la baignoire, et laisse le surplus d'émotions évacuer son corps.

THOMAS
24 JUILLET
7 H 37
TEMPS RESTANT AVANT LA FIN DU DÉFI :
21:23

Gabriel se permet une pause pour reprendre son souffle, et s'appuie sur la hache en murmurant des jurons en anglais. À côté de lui, Thomas tend l'oreille : il entend des pas s'approcher de l'escalier, au rez-de-chaussée. Semelles dures. Rythme déterminé. Quelqu'un descend les rejoindre au sous-sol. Kariane, alertée, se mord la lèvre et s'approche des marches :

— Peut-être que… Oh ! Patrick !

— Bordel ! Y a quoi là-dedans ? Un coffre-fort rempli de cash ?!

— T'étais pas parti, toi ? demande Thomas.

— Je n'ai pas réussi à m'en aller. Le beau discours que Laïla a servi à Quentin est un peu trop rentré dans mon cerveau, je suppose… Je peux essayer ?

Le DJ et l'actuaire se toisent un moment avec un air de défi, jusqu'à ce que le premier détourne le regard et parle à travers ses dents serrées :

— *Yeah*, mais faut que tu me redonnes la hache après. *I found it, I keep it.* Compris ?

L'actuaire hoche la tête, puis s'empare de l'instrument. Ses muscles se bandent, il frappe. Encore. Et encore. Le vacarme est si fort que Thomas se bouche les oreilles. Pourtant, Patrick parvient tout au plus à embosser le métal. Lorsqu'il abandonne, le souffle court, son front ruisselle de sueur. Sa chemise est trempée. L'air sent la poussière de plâtre, et le plancher est couvert de saletés.

— Tu veux que je prenne le relais ? offre Thomas, tout en sachant que la puissance de ses muscles est loin d'équivaloir à celle de Patrick ou de Gabriel.

— Je ne pense pas que ça va donner grand-chose de plus. On pourrait essayer par le dessus. Possible qu'en défonçant les marches… Je ne peux quand même pas croire que la pièce au complet a été…

Patrick se tait ; quelqu'un descend à toute vitesse, le pas lourd. Malory apparaît, le visage rougi et le souffle court. Elle se fige en apercevant l'actuaire :

— Oh ! T'es encore là. Super… j'étais sûre que t'étais mort. On a trouvé quelque chose. Regardez.

Elle leur tend un papier froissé, que Kariane saisit, puis montre aux autres. La Française tente de lire à voix haute, mais s'étrangle dès la première phrase. Son marteau tombe tout près de ses orteils sans qu'elle paraisse le remarquer. Le silence s'appesantit ensuite, tandis que chacun prend connaissance du document.

— On va tous crever, murmure Kariane. On va *vraiment* tous crever.

— Pas nécessairement. On suit les règles, on joue le jeu : c'est notre meilleure option désormais.

Le détachement dans la voix de l'actuaire sonne faux. Thomas détaille Patrick : ses émotions sont difficiles à lire, mais le tremblement de ses mains le trahit. Après avoir frôlé la mort de si près, il doit être sous le choc, même s'il ne veut pas le laisser paraître. Gabriel s'en approche, les poings serrés :

— Redonne-moi ma hache, *now*.

Patrick esquisse un sourire, mais ne montre aucune intention d'obtempérer :

— Tu vas t'en servir pour quoi, hein ? Tu prévois de nous buter avec, peut-être ?

Les deux hommes se dévisagent avec une intensité croissante. Thomas se demande si Gabriel ne va pas littéralement exploser.

— *No. But I see right through you, man.* Je te fais pas confiance. Les gars comme toi qui s'imaginent meilleurs que les autres, ils sont *dangerous*. *Yeah*, tu vas jouer le jeu… mais à ton avantage à toi. Alors, pas question que je te laisse *ma* hache.

— OK ! OK ! Tiens, prends-la. On va quand même pas virer paranos.

Thomas réalise que c'est déjà le cas, mais préfère se taire. Une part de lui regrette de ne pas avoir son portable pour immortaliser les événements.

Kariane se penche pour ramasser son marteau. Lorsqu'elle se redresse, sa voix a regagné une partie de son assurance :

— « Jouer le jeu », comme vous dites, ça veut dire tuer un être humain. Putain, juste d'y penser, vous me répugnez.

Patrick ignore le commentaire ; il se tourne plutôt vers Malory. La chanteuse s'est assise sur une marche, son regard fixé sur un petit objet qui était jusque-là passé inaperçu dans sa main.

— Vous avez trouvé autre chose en haut ? demande l'actuaire. Ça parle d'activités, dans la liste des règles. Chaque scène de crime devrait en avoir une.

La chanteuse hoche la tête et leur montre ce qui semble être un chronomètre.

— Ça. C'est un compte à rebours. Probablement pour qu'on sache quand le prochain va crever. Et derrière, y a une sorte de bouton « En cas d'urgence », mais je suis loin d'être convaincue que ce soit une bonne idée d'appuyer dessus.

— Quentin avait raison, tranche Patrick après une brève hésitation. On perd notre temps ici. Vaut mieux les rejoindre.

LAÏLA
24 JUILLET
7 H 40
TEMPS RESTANT AVANT LA FIN DU DÉFI :

21:20

Laïla a entendu l'eau de la salle de bains couler. Puis, plus rien. Peut-être Ange est-il allé se cacher dans un placard ? Pleurer dans un coin ? Ça ne change rien, de toute manière. Elle n'a pas de temps à perdre avec lui. Elle a déjà survécu à des drames. Elle le fera encore.

Elle sait comment s'y prendre.

Laïla ferme un instant les paupières pour chasser les images sanglantes qui cherchent à se frayer un chemin. Carl Roy, le chef du gang pour lequel elle dansait dans son ancienne vie, était un véritable psychopathe. Elle avait dû se forger une épaisse carapace pour assister à de multiples meurtres sans broncher. Pour demeurer continuellement dans les bonnes grâces de cette ordure.

Toujours être au bon endroit au bon moment. Avoir le contrôle de soi-même. Des autres. Ne jamais se laisser surprendre. Des aptitudes que Laïla avait acquises pour sa propre survie.

Mais, à la fin, la violence avait atteint des extrêmes. Dans sa folie, Roy avait commencé à collectionner divers objets de torture, récents comme anciens, qu'il n'hésitait pas à utiliser. Ses plus récents jouets avaient pris la forme de trois dobermans. Et ceux-ci n'étaient pas dressés pour tuer, non. Ils l'étaient pour massacrer. Pour faire souffrir leurs victimes.

Ressaisis-toi, ma belle. C'est pas le moment de replonger dans le passé.

Elle pose le regard sur Quentin qui, au moins, se révèle utile. Il a pris les cisailles et a fait tomber le corps – qui s'est affalé sur le plancher. Sans qu'elle ait eu besoin d'insister, il s'affaire à sectionner le reste des fils barbelés, jurant chaque fois qu'il se plante une épine dans la main. Il empile ensuite les morceaux en tas dans un coin inoccupé de la penderie. Tout en le gardant à l'œil, Laïla examine en vitesse les décorations de fête, l'intérieur du chapeau, les pompons de papier crépon... à la recherche d'une information concernant la fameuse activité liée à cette scène de crime, comme mentionné dans les règles.

Rien à signaler.

Quand Quentin a terminé, elle s'accroupit à côté de la flaque de fluides malodorants pour observer le cadavre de plus près – à ce stade, elle préfère autant que possible ne plus l'associer au chanteur.

Les yeux sont grands ouverts, légèrement désaxés, et fixent intensément le plafond. Elle tente de les fermer, mais les paupières refusent de coopérer. La peau est froide. Et le devant de la dépouille est constellé de coupures causées par les barbelés. Une entaille à la gorge, plus profonde, a occasionné une hémorragie. Une autre traverse sa joue de part en part. Après analyse, Laïla juge qu'il n'y a pas trente-six endroits où cacher des indices dans un corps nu. Elle bouge la tête, rencontrant une légère résistance. Scrute l'intérieur de la bouche, glisse un doigt entre les dents. Rien.

— Aide-moi à le retourner, Quentin. On va regarder derrière. Voir si…

— Hum ! Ce sera pas nécessaire, on dirait.

— Comment ça, ça sera pas…

Elle s'interrompt en remarquant qu'il a soulevé les vêtements de Zeff, abandonnés en tas dans un coin de la pièce. Sous le linge se trouvait une enveloppe blanche – semblable à celles qu'on offre à un anniversaire. Malgré la terreur qui l'habite, Laïla s'applique à conserver un visage neutre tandis que Quentin l'ouvre et regarde à l'intérieur.

Il en sort d'abord une carte, sur laquelle un clown – aux couleurs joyeuses, mais au regard dément – tient un bouquet de ballons. Et à l'intérieur de la carte se trouve un sachet transparent contenant des comprimés en forme d'étoile.

— C'est *quoi*, putain, de la dope ?

Elle s'avance pour les étudier de plus près.

— Peut-être. J'en ai jamais vu comme ça, en tout cas. Qu'est-ce qui est écrit sur la carte ?

Quentin ouvre la bouche pour répondre, subitement interrompu par l'irruption du second groupe dans la chambre. Laïla s'oblige à ravaler sa curiosité et formule avec toute l'assurance dont elle dispose :

— Je propose qu'on aille discuter de tout ça dans la salle à manger. Ce sera mieux pour réfléchir qu'à côté d'un macchabée.

GABRIEL
24 JUILLET
7 H 48
TEMPS RESTANT AVANT LA FIN DU DÉFI :

21:12

Chacun a repris sa place autour de la table octogonale, dans la salle à manger attenante à la cuisine. Gabriel commence d'ailleurs à détester sérieusement cette pièce. Davantage que toutes les autres de la somptueuse demeure… excepté – tout compte fait – la chambre principale.

Les schémas et documents consignés par Laïla plus tôt dans la matinée sont toujours au centre de la table, maintenant rejoints par le chronomètre ainsi que par les règles, que Laïla a relues à quelques reprises d'une voix tendue. Ils ont débattu un court instant de l'intérêt – ou non – d'appuyer sur le bouton « En cas d'urgence », et tous ont convenu que c'était trop risqué. Et à n'utiliser qu'en dernier recours.

Patrick achève de résumer, sans la moindre émotion, leur échec au sous-sol, puis se tourne vers Quentin :

— Alors, qu'est-ce qu'il y a dans l'enveloppe ?

— Ça.

Quentin laisse tomber sur la table un sachet contenant des comprimés en forme d'étoile. Puis il ouvre une carte sur laquelle un clown est dessiné.

— C'est écrit : « Lors des fêtes, cette activité est appréciée des enfants, petits et grands. Mais il serait malavisé d'y jouer le ventre vide. N'est-ce pas ? » C'est tout. Rien d'autre. Y a quelqu'un qui comprend ?

Plusieurs regards se tournent vers l'actuaire. Comme si celui-ci pouvait détenir la réponse. Ce qui augmente d'un cran l'antipathie de Gabriel envers ce dernier. Sentant la colère monter, il s'efforce de se concentrer sur ses sensations, comme son thérapeute a tenté de le lui enseigner. Le granit froid de la table. Le bruit d'une chips que Laïla grignote. Son moignon qui démange.

Cette dernière pensée génère cependant un nouveau pic de colère : si seulement il n'était pas amputé. Si seulement l'imbécile chien de son ivrogne de père ne l'avait pas attaqué alors qu'il était à peine en âge de marcher. Sa vie serait bien plus simple. Tellement plus simple.

— Il n'y avait vraiment rien d'autre dans l'enveloppe ? demande Patrick. Ou en haut ? Donne-moi ça.

Il tend une main, dans laquelle Quentin, après une hésitation, dépose les documents. Sitôt fait, le regard de l'actuaire s'illumine :

— Ah ! Évidemment… T'avais pas remarqué que le papier de l'enveloppe est trop épais ? C'est clair qu'il est replié sur lui-même. On le sent tout de suite, juste au poids.

Le visage de Quentin s'empourpre. Patrick entreprend de déchirer les extrémités collées de l'enveloppe. Il la déplie, puis l'ouvre encore en deux et l'aplatit sur la table. Huit têtes s'en rapprochent pour l'examiner. Au bout d'un moment, Gabriel finit par prononcer à voix haute ce que tous doivent penser :

— C'est une carte des lieux ?! *No way.* C'est *fucking huge* ! Le manoir a l'air tout petit.

Laïla se racle la gorge :

— Je peux confirmer que c'est bien ça. Zeff m'a montré un plan quand il a loué l'endroit. Le terrain va jusque loin dans le bois. Et il y a même une vieille cabane de chasse que le proprio n'a jamais détruite. Zeff m'a raconté que c'était un Américain qui avait acheté l'endroit quand sa sœur, qui vivait au Québec, est tombée malade. Mais maintenant qu'elle est morte, il ne vient plus. Et il la loue de temps en temps contre une grosse somme d'argent.

Quentin, penché sur le plan, ignore Laïla :

— C'est une chasse au trésor ! Regardez, y a un « X » tracé au crayon, là.

Il appuie son index sur la carte, en plein cœur de l'endroit où se situe la forêt, derrière le manoir.

— C'est nul, ajoute-t-il. Il s'imagine qu'on a quoi, le Corrupteur, 10 ans ?

— Non, ça a du sens, intervient Patrick. Ça concorde avec le message.

Kariane prend un comprimé, qu'elle scrute un instant, avant de le reposer :

— « Mais il serait malavisé d'y jouer le ventre vide », récite-t-elle. Donc… faudrait avaler un de ces machins, probablement toxiques, puis aller dans la forêt à la recherche d'on-sait-quoi ?

Malory, qui jusque-là était demeurée silencieuse, se met à applaudir.

— *Wow*, bravo, championne. Tu pensais qu'on ferait quoi avec ? Se les mettre dans le cul peut-être ? Il y en a huit, et c'est clairement pas pour se torcher avec.

— Bien, moi, du coup, je vais passer mon tour, poursuit Kariane. Mais faites-vous plaisir, si ça vous chante. Je suis sûre que la chasse au trésor sera super amusante.

— Je comprends… convient Laïla en replaçant une mèche de cheveux blonds derrière son oreille. Sauf que si on n'a pas l'indice, on saura jamais qui est la victime. Et on sera *tous* tués. Et je vous rappelle qu'il y aura une nouvelle scène de crime. À midi et demi, si on se fie au compte à rebours…

Gabriel réalise qu'il tape du pied avec impatience. Avec leur air supérieur, Patrick et Laïla l'agacent de plus en plus. Pourtant, il doit admettre qu'ils n'ont pas tort. Il desserre la mâchoire et tente d'exprimer son opinion dans la langue de ces imbéciles :

— Un seul d'entre nous est la victime du Corrupteur. Alors, ces… *pills*, elles peuvent pas tous nous tuer, *right* ? Je pense qu'on n'a pas le choix. C'est ça, ou déclarer forfait avant même d'avoir essayé…

— C'est pas faux, admet Quentin après s'être gratté le menton. Je suis d'accord. Mais faut tous le faire. Sinon, ça risque de foirer.

— Et si je refuse, vous allez me faire avaler cette merde de force, c'est ça ?

La question de Kariane est suivie d'un long silence, que Malory finit par briser :

— Est-ce que tu refuses parce que tu penses être la victime et que tu veux nous mettre des bâtons dans les roues ? Tu as des infos qu'on ignore, la Française ?

Kariane détourne le regard, vaincue. Et Quentin entreprend de distribuer un cachet à chacun. Gabriel remarque, avec une certaine satisfaction, que les doigts de celui-ci tremblent légèrement. *Alors, il est pas invulnérable, le* king *de la cour d'école.*

Quentin est tout de même le premier à mettre le comprimé dans sa bouche. Sa pomme d'Adam se soulève, puis redescend.

— C'est sucré. C'est pas mauvais.

Les regards anxieux se fixent sur lui. Une minute interminable passe. Soudain, Quentin lâche un juron, et commence à se tordre de douleur en se prenant le ventre.

Il tombe de sa chaise. Jure de plus belle. Tous restent paralysés, sauf Laïla, qui se précipite à ses côtés :

— Quentin ! Quentin, qu'est-ce qu…

— Ha ha ha ! Je vous ai eus. Je savais que tu m'aimais bien, au fond, petite coquine.

Laïla lui envoie une retentissante gifle au visage. Une marque rouge s'imprègne sur la joue de Quentin.

— Je l'ai méritée, celle-là, j'imagine. Bon, qu'est-ce que vous attendez, bande de trouillards ? Que je trouve l'indice tout seul ? Vous voulez me laisser faire le sale travail ?

Gabriel se retient de l'insulter en déposant son propre comprimé sur sa langue. Malgré la boule de tension qui s'est imposée dans sa gorge, il parvient à l'ingérer. Ouvre ensuite la bouche pour en montrer l'intérieur, vide.

— Faut ce qu'il faut, lance Laïla avant de l'imiter.

Ange s'exécute également, suivi de Malory, Thomas et Patrick. Ne reste que Kariane, que tous dévisagent intensément. Elle lève les yeux au ciel.

— Même mort, Zeff réussit à me faire avaler des trucs pas catholiques… ironise-t-elle avant de glisser l'étoile entre ses lèvres.

PATRICK
24 JUILLET
8 H 02
TEMPS RESTANT AVANT LA FIN DU DÉFI :
20:58

Patrick se voyait mal ingurgiter une substance inconnue fournie par un criminel psychopathe. Mais comment refuser sans attirer l'attention ? Bien sûr, il a envisagé de recracher en douce le cachet. Sauf que le Corrupteur aurait pu s'en apercevoir et le punir. Patrick s'est donc contraint à avaler le fichu comprimé. Malgré les risques énormes que cela comportait.

À la seconde où il s'est exécuté, il le regrettait déjà.

— On devrait aller chercher une pelle, propose-t-il en serrant les dents sur son malaise. Au cas où le fameux « trésor » serait enterré.

Les autres acquiescent et, dans une cacophonie de grincement de chaises, se lèvent. Patrick en profite pour tendre les doigts vers le plan du terrain, mais Quentin le prend de vitesse :

— Je te fais pas confiance, l'actuaire.

Patrick lui répond d'un haussement d'épaules, mais grogne intérieurement. C'est toujours pareil. Dès qu'il est avec des gens moins intelligents ou moins riches que lui, il trouve le moyen de se faire détester. C'est à peine s'il comprend pourquoi. Il lui semble pourtant n'avoir montré que son « bon » côté depuis qu'il s'est réveillé ce matin. Jalousie, probablement. Il ne peut toutefois s'empêcher d'en être exaspéré : comment va-t-il se sortir vivant de cette histoire si tous commencent déjà à se liguer contre lui ?

Le groupe se dirige vers le garage, où Quentin s'empare de l'unique pelle, tandis que Patrick glisse un couteau universel dans sa poche. Si ces idiots s'en prennent à lui, il sera prêt à se défendre.

Dehors, les nuages sont bas, une humidité oppressante sature l'air. De la forêt émane une odeur prononcée d'humus et de végétation. À peine quelques oiseaux chantent, comme s'ils se doutaient que le ciel risquait à tout moment de se déverser sur leurs têtes. Patrick se retient de grimacer : il est un amateur de ville et de sensations fortes. Le calme et la nature l'ennuient à mourir.

La cour arrière est une grande étendue gazonnée à laquelle des bancs, des plates-bandes et quelques bosquets confèrent un certain relief. Un tilleul règne sur l'ensemble, haut et large, tel un roi solitaire.

Quentin prend les devants sur un sentier de pas japonais, et s'immobilise à la lisière des arbres. Il observe le plan, puis le fait pivoter pour en aligner l'orientation avec celle du terrain. Il s'éternise dans sa contemplation du document, sourcils froncés, grommelant quelques jurons entre ses lèvres. Intrigué, Patrick s'approche et examine à son tour le bout de papier. Il cligne des yeux dans l'espoir de figer l'image, sans succès.

— C'est moi ou… les lignes bougent ? s'entend-il demander.

— Je suis content que tu poses la question, admet Quentin. Je pensais être en train de perdre la tête.

— Pareil pour moi.

La voix de Malory se déforme dans les oreilles de Patrick. Il redresse la tête pour observer la forêt, devenue vivante. L'anxiété lui mord l'estomac. Est-ce une créature ou une ombre qui rampe près du pied d'Ange ? Patrick serre les paupières, les rouvre. Le sol tangue dangereusement.

Quentin pointe une direction :

— C'est… par là… je crois.

Laïla lui arrache le plan des mains, tente un moment de le déchiffrer, avant de le lui rendre.

— Je pense que t'as raison… Mais c'est dur à dire…

Le groupe se met en marche. Patrick bâille dans l'espoir peu convaincu de rétablir son audition. Il entend les mots, mais ceux-ci semblent provenir d'un univers lointain, comme s'il s'était en partie dissocié de son propre corps.

Bordel, quelle merde on a avalée ? Ça joue avec nos sens !

Il croyait avoir déjà essayé – à peu de choses près – tous les types de stupéfiants en circulation dans la province, mais celui-ci semble différent. Et sachant qu'il provient d'un criminel qui fabrique des poisons à répétition, et qui les modifie au fur et à mesure des avancées des policiers, ça n'est peut-être pas si surprenant.

À moins que ce soit de la DMT ? Ou… un mélange qui en contient ?

Au bout de quelques minutes, Patrick n'arrive plus à savoir si le groupe avance toujours dans la bonne direction ; il a l'impression que les arbres tournent autour de lui. Son souffle lui échappe, sa vision rétrécit et s'embrume, au point qu'il se demande si les nuages ne sont pas descendus au sol.

Et, naissant de ce brouillard, des aboiements bestiaux achèvent de le faire sombrer dans la terreur.

LAÏLA
24 JUILLET
8 H 17
TEMPS RESTANT AVANT LA FIN DU DÉFI :
20:43

Laïla a l'impression que les aboiements surgissent de son passé. Ou des cauchemars dont elle ne parvient pas à se débarrasser, même après les nombreuses séances de psychothérapie. *C'est rien que ton imagination, ma belle. La drogue a dû ouvrir un chemin vers ton subconscient. Ou un truc du genre.* Elle lutte pour éviter de succomber aux visions de carnage qui s'imposent dans son esprit. Et pour demeurer ancrée dans le présent. Malgré tout, Laïla sent ses jambes ramollir. Son cœur s'accélérer.

Elle prend appui sur le tronc d'un bouleau, sent l'écorce lisse sous ses doigts. La forêt s'est densifiée, remarque-t-elle.

Quentin et Patrick sont introuvables. Kariane, Ange et Malory s'enfuient déjà sans demander leur reste.

Merde. *Est-ce que ça peut vrai ?*

Gabriel demeure immobile. Statufié. Son expression reflète l'horreur à l'état pur. Et les jappements se rapprochent. Laïla maudit sa vision trouble qui l'empêche de voir plus loin qu'à quelques mètres devant elle. De deviner de combien de temps ils disposent avant d'être charcutés.

Merde.

Elle attrape Gabriel par le bras et tire ; c'est à peine s'il bronche.

— Allez, imbécile ! Faut bouger !

Elle lui envoie une gifle au visage ; le regard du DJ se rallume, se pose juste derrière Laïla, alerté. Sans prévenir, il la pousse sur le côté. Elle atterrit près d'un tas de champignons brunâtres, la fesse sur un caillou. L'onde de douleur se répercute le long de sa colonne vertébrale, jusque dans sa tête, et lui fait voir des étoiles.

Et, à l'endroit où elle se trouvait un instant plus tôt, Gabriel fouette l'air de sa hache. Un gémissement aigu retentit : il a atteint quelque chose. Une créature.

Vraiment pas une hallucination.

Le DJ aide Laïla à se relever. Elle n'ose même pas regarder le tas de fourrure affalé au sol de peur de faire renaître davantage de souvenirs.

Terrifiée à l'idée d'y découvrir un doberman.

— *Let's go, Laïla. Hurry.*

La drogue ralentit leur fuite. Ils peinent à avancer sans tituber. Doivent s'agripper aux branches. S'empêtrent les pieds dans les tapis de fougères. Or, davantage d'aboiements et de grognements s'élèvent déjà, semblant provenir de partout à la fois. Laïla tente de percer le brouillard qu'est devenue sa vision. Ne parvient qu'à identifier des ombres mouvantes, sans savoir si elles sont imaginaires ou non.

Une angoisse grandissante lui comprime la poitrine, l'étourdit davantage.

S'efforçant de se remémorer la carte, elle prend les devants. Elle réalise vite que Gabriel peine à la suivre ; il claudique de plus en plus sévèrement. Sa respiration trahit les efforts qu'il doit déployer.

Sa jambe, réalise-t-elle. *Merde*.

Elle songe à l'aider, avant de se raviser. Gabriel est grand et plutôt costaud. Son poids serait impossible à porter. Ça la ralentirait. D'autant plus que… s'il se fait bouffer en premier, peut-être que la bête la laissera tranquille, *elle*.

Sa décision est à peine prise qu'un hurlement s'élève, plus loin dans la forêt. Les blessures ne font que commencer. Elle doit se dépêcher de trouver ce fichu trésor avant que son tour arrive.

QUENTIN
24 JUILLET
8 H 25
TEMPS RESTANT AVANT LA FIN DU DÉFI :

20:35

Quentin évite de justesse une grosse branche qui paraît s'être placée à la dernière minute en travers de son chemin. À deux doigts de perdre l'équilibre, il se rattrape en s'appuyant sur la pelle, puis il recommence à courir, suivi de près par Patrick. Les cris bestiaux se rapprochent, insistants. Et Quentin n'ose pas regarder derrière : le simple fait d'avancer sans trébucher dans cette forêt exige toute son attention.

Quand le cri de l'actuaire retentit, Quentin a l'impression que des doigts glacés lui empoignent la nuque. Le forcent à ralentir, à tourner la tête.

Les crocs d'un animal, un gros chien noir tout en muscles, sont plantés dans le mollet de Patrick, qui tente désespérément de s'en libérer.

Avant même d'en avoir consciemment pris la décision, Quentin fourre le plan de la chasse au trésor dans sa poche. Resserre sa poigne sur la pelle. Fait volte-face et franchit la courte distance qui le sépare de l'actuaire. Au moment où la bête relâche la jambe de sa proie pour s'élancer vers sa gorge, il frappe de toutes ses forces. L'atteint en pleine gueule. Dans un puissant bruit de choc métallique, l'animal se retrouve projeté au sol, mort ou inconscient.

Haletant, Quentin tend une main à Patrick :

— Debout, vieux ! Allez, putain, avant qu'il en arrive d'autres.

Déjà, de nouveaux jappements s'élèvent, semblant provenir de partout à la fois. Avant d'accepter l'aide offerte, l'actuaire étire le bras pour ramasser un couteau au sol – qui lui a sans doute glissé des mains alors qu'il tentait de se défendre. Quentin passe un bras sous ses aisselles pour supporter une partie de son poids. Et les deux hommes poursuivent leur avancée, à un rythme beaucoup plus lent, toutefois. La forêt donne l'impression de se refermer sur eux, les branches, de vouloir les saisir. Des esprits maléfiques les observent d'entre les feuilles. Même en sachant qu'il s'agit d'hallucinations, l'effet n'en est pas moins terrifiant.

Patrick et Quentin n'ont que peu de répit avant qu'une nouvelle bête se rapproche. Elle se dirige droit sur eux ; l'odeur du sang de l'actuaire doit l'exciter.

Ils sont trop lents, n'ont aucune chance de lui échapper. Lorsque Quentin voit l'animal bondir, il s'écarte de Patrick et exécute un plongeon. Il calcule cependant mal sa chute, se cogne le crâne sur un caillou et laisse échapper sa pelle.

Quentin porte une main à sa tête. Ressent sous ses doigts une inquiétante humidité. Sa vision s'obscurcit. Luttant pour ne pas perdre connaissance, il comprend que l'animal fonce droit sur lui. À la dernière seconde, il retrouve un certain contrôle de lui-même. Il parvient à mettre la main sur une branche, qu'il enfonce dans la gueule ouverte qui s'apprêtait à lui arracher le visage. Tandis qu'il se débat, il cherche l'actuaire du regard, voit celui-ci hésiter à lui prêter main-forte. *Putain de trou du cul, j'aurais dû te laisser crever.*

Comme s'il avait lu dans ses pensées, l'actuaire semble soudain prendre une décision. Il rejoint le monstre par-derrière et, d'un coup sec, lui plante son couteau dans la gorge. Un liquide chaud et épais se déverse sur Quentin, qui émet une série de jurons et repousse la bête à côté de lui. Pendant un instant, elle agonise, et il ne peut en détacher son regard : les lèvres retroussées sur ses crocs, elle mord le vide. Ses pattes s'agitent dans une vaine tentative de se relever, tandis que son pelage s'imbibe de sang. Sa vigueur s'estompe et, bientôt, elle ne bouge plus. Quentin a presque l'impression de voir son propre sort dans ces yeux sans vie.

Quentin chasse tant bien que mal le sentiment angoissant. Il s'oblige à se relever, à empoigner sa pelle. Les deux hommes échangent un regard lourd de sous-entendus, et reprennent leur fuite à travers les arbres.

Lorsqu'ils croisent enfin un ruisseau, Quentin n'a même pas besoin de consulter le plan ; il sait qu'ils sont sur le bon chemin. Il leur fait dévier quelque peu leur trajectoire et, après plusieurs minutes, une éclaircie s'annonce entre les arbres. Or, davantage de grognements bestiaux en proviennent.

Kariane, Ange et Malory sont là, acculés contre une vieille cabane en bois et menacés par un autre molosse. La coach s'efforce de protéger ses comparses à coups de marteau, mais sa portée n'est pas suffisante pour lui permettre d'atteindre la bête.

Et cette dernière profite d'une ouverture pour attaquer Malory, qui pousse un hurlement tandis que des crocs s'enfoncent dans son épaule.

Quentin brandit sa pelle et accélère sa course, prêt à porter secours à la chanteuse. Mais Ange le prend de vitesse. Il attrape le prédateur par-derrière à mains nues. Enserre ses bras autour du cou, rugissant avec autant sinon plus de rage que l'animal. Le chien se démène avec violence, battant des pattes, mordant l'air et tordant son corps dans tous les sens. Pourtant, Ange refuse de lâcher prise. Les adversaires roulent sur le sol, se transformant en une chimère mi-humaine, mi-animale. Impossible de savoir lequel des deux a le dessus, jusqu'à ce que, finalement, le combat ralentisse. Puis s'arrête.

Visiblement exténué, Ange peine à reprendre son souffle. Ses cheveux sont en désordre, et son corps est souillé d'un mélange de terre et de brindilles. Près de lui gît la bête, morte étouffée. Sa langue pend de la gueule restée ouverte.

Quentin doit cligner des paupières à plusieurs reprises pour chasser l'impression que le clébard le nargue d'un sourire méprisant. Il se détourne de la scène au moment où Malory s'agenouille en pleurant aux côtés d'Ange.

Laïla, qu'il n'avait pas remarquée jusqu'alors, le rejoint, hors d'haleine :

— Où… le trésor ?

L'arrivée soudaine de la blonde lui fait réaliser qu'une personne manque au décompte. Il lance un regard circulaire dans la petite clairière. Sa vision est toujours floue et instable, mais une partie du brouillard s'est dissipé.

— Quelqu'un a vu Gabriel ? demande-t-il.

Laïla se mord une lèvre, pivote en direction de la forêt. Et au même moment, le DJ apparaît entre les arbres, s'aidant de sa hache pour supporter son poids. Son visage est rougi par l'effort et déformé par la souffrance, ses vêtements sont trempés de sueur. Mais il est vivant.

Merde, on l'a vraiment laissé se démerder tout seul ?!

Tout en le rejoignant pour lui donner un coup de main, Quentin sort le plan de sa poche. Malgré l'état lamentable du papier et sa vision trouble, il parvient à distinguer un X tracé juste derrière le carré qui représente la cabane de chasse.

— On y est arrivé, mon pote. Tu veux un coup de…

Quentin s'immobilise en voyant le regard assassin que lui lance Gabriel, juste avant de cracher au sol, dans sa direction.

— *Go fuck yourself, asshole.*

THOMAS
24 JUILLET
8 H 47
TEMPS RESTANT AVANT LA FIN DU DÉFI :
20:13

Le petit coffre est posé à même le sol, derrière la vieille cabane en bois noirci par l'âge. Tous sont rassemblés autour, et retiennent leur souffle, pendant que Quentin soulève le couvercle. Il en extrait un papier, et y colle le nez en louchant.

— Je vois encore super flou. J'ai du mal à déchiffrer ce qui est écrit. L'un de vous comprend de quoi il s'agit ?

Le document passe de main en main. Thomas le déchiffre parfaitement, mais comme il a caché le comprimé dans sa main plutôt que de l'avaler, il juge préférable de garder pour lui les nouvelles informations. Quand le tour de

Laïla arrive, elle détache à peine son regard du doberman asphyxié par Ange avant de prendre le papier, puis de le rendre à Quentin. Sans même y jeter un œil. Elle appuie sa tête sur ses genoux, l'air d'être sur le point de vomir :

— Je me sens comme de la merde. On peut juste… faire une petite pause ? De toute manière, avec l'indice, on va avoir pas mal de temps pour mettre fin à ces conneries avant midi et demi, et éviter la prochaine scène de…

— En parlant de ça, l'interrompt Kariane, pourquoi personne n'a utilisé le bouton sur le chronomètre ? Putain, si c'était pas une urgence, ça, je sais pas ce qui…

Son commentaire meurt, tandis qu'une soudaine compréhension s'affiche sur ses traits :

— Oh ! Personne ne l'a pris, c'est ça ?

Thomas ferme les paupières. Revoit le moment où chacun a avalé son comprimé. La tension qui régnait alors sur le groupe. La panique qui se prolongeait à la suite de la découverte des règles et de ce qu'elles impliquaient. Ils ont oublié le chronomètre au centre de la table.

— C'est peut-être mieux comme ça, rectifie Patrick. Je ne crois pas qu'on devrait faire confiance au Corrupteur.

— *You all left me to die in that goddamn forest*. C'est à vous que je fais pas confiance, *assholes*.

— Putain ! peste Laïla, fermez-la un peu. Je veux juste…

Son teint pâlit. Après une seconde de flottement, elle se penche pour évacuer un jet jaunâtre et grumeleux entre ses cuisses, puis elle lâche un nouveau juron.

— Ouais. On va faire une pause, concède Quentin.

Il replace la lettre dans le coffre, qu'il apporte ensuite près de la cabane, contre laquelle il s'adosse. Il retire son pull ensanglanté puis, épuisé, il ferme les yeux et laisse tomber son menton sur sa poitrine. Laïla se roule en boule sans se donner la peine de se déplacer. Kariane et Gabriel s'isolent chacun dans leur coin. Patrick examine sa blessure, le visage déformé par la douleur. Et Ange inspecte celle de Malory. Le pull de celle-ci est déchiré à l'épaule, mais les traces de dents semblent moins profondes que celles sur le mollet de l'actuaire.

Tous paraissent soulagés par cette opportunité de recouvrer leurs esprits.

Thomas s'allonge sur le dos et contemple les nuages bas et menaçants. Autour d'eux, la nature reprend ses droits. Les grillons stridulent, les oiseaux chantent. Il regarde sa montre à quelques occasions. Quinze minutes s'écoulent. Vingt. *La drogue doit affecter leur notion du temps*, soupçonne-t-il en voyant que personne ne s'en inquiète. À neuf heures vingt-six, il s'impatiente :

— Faudrait se bouger, là. On perd du…

— La ferme, Tom, grogne Quentin sans ouvrir les yeux. J'suis bien, là.

Thomas s'abstient de répondre, et décide de patienter encore un peu, histoire de ne pas trahir sa « tricherie ». Il faut finalement encore un bon quart d'heure avant que de grosses gouttes de pluie éparses parviennent à réveiller le groupe. Quentin se frotte les yeux, s'étire. Sa vision doit s'être éclaircie, puisqu'il n'attend pas l'assentiment des autres pour ressortir le message du Corrupteur, qu'il lit à voix haute :

« Félicitations, vous avez trouvé le premier indice. Nous espérons que cette activité vous a plu. Êtes-vous prêts à continuer la fête ? »

— Complètement cinglé, crache Malory. C'est quoi, ce putain d'indice ?

Quentin extrait du coffre un second objet, qu'il tient de façon à ce que tous puissent le voir : une photographie en noir et blanc sur laquelle Zeff et Laïla s'embrassent, appuyés contre un arbre, à la lueur d'un lampadaire en fer forgé. En tout point similaire aux lampadaires éparpillés sur le terrain du manoir. On aperçoit aussi un policier en arrière-plan. Ça a donc eu lieu *après* l'alarme incendie.

Thomas reconnaît aussitôt SA photo.

Son cœur manque un battement. Il déploie des efforts surhumains pour se constituer une façade. Sinon, les autres vont s'imaginer que c'est *lui*, la cible du Corrupteur.

Quentin tourne vers Laïla un regard accusateur :

— C'est *toi*, la victime ?!

— Comment est-ce que je le saurais ? Peut-être que la photo montre autre chose !

— Allez ! renchérit-il. Vous êtes pas débiles, quand même, non ? Vous comprenez ce que ça veut dire ?

— Que Zeff voulait se taper deux filles dans la même soirée ? lâche Malory d'une voix détachée.

La situation présente une certaine ironie, il faut l'admettre.

— Non, putain ! Qu'on connaît l'identité de la victime !

Thomas réalise qu'il est en train de se gratter les bras jusqu'au sang. Il enfonce ses mains dans ses poches et serre les poings. Si quelqu'un est au fait de sa manie de prendre des photos déplacées… c'est bien son beau-frère. Va-t-il le dénoncer ?

— Ça veut rien dire du tout, rétorque Laïla. Merde, il s'est rien passé entre Zeff et moi, hier ! On s'est embrassés, c'est tout. Il voulait se faire pardonner de m'avoir invitée, et de m'avoir larguée pour… ben pour toi, Mal ! C'est pas la fin du monde ! Le Corrupteur, il essaie juste de nous monter les uns contre les autres. Et vous vous faites avoir comme des bleus. La réponse serait pas aussi évidente, voyons ! Putain, on sait même pas *qui* a pris cette photo ! Vous pensez pas qu'il faudrait commencer par se poser cette question-là, hein ?

Quentin lance un bref coup d'œil en direction de Thomas, avant de poursuivre :

— En quoi c'est important ? L'endroit doit être truffé de caméras. Je comprends que tu veuilles te défendre, mais les infos qu'on a sont assez claires…

Laïla bondit sur ses pieds. Pour la première fois, ses manières hautaines sont remplacées par un masque d'inquiétude. Des plaques rouges sont apparues sur son cou.

— *QUOI* ?! T'es en train de planifier de me tuer sur la base de tes putains de doutes pas fondés ?

Quentin se lève à son tour, et glisse la photo dans sa poche arrière. Son visage s'emplit de confusion, comme s'il venait tout juste de prendre conscience de ses propos. Et n'arrivait pas à les assumer totalement. Son ton s'adoucit :

— J'ai pas dit qu'on allait te tuer là, là. Mais je pense qu'on devrait te garder à l'œil… et réfléchir à ce qu'on fait pour empêcher la prochaine scène de crime.

Il semble alors réaliser que tous les regards sont braqués sur lui, puis ajoute :

— Bordel, réveillez-vous ! Vous réalisez dans quelle merde on est ?! On va pas s'en sortir avec la conscience propre. Et si vous êtes pas capables de comprendre ça, vous serez les premiers à crever !

Laïla recule d'un pas. Sa voix commence à trembler :

— Crétin, je te laisserai pas me… me… (Elle pivote vers les autres.) Et vous autres, hein ? Vous dites rien ? C'est quand qu'on s'est transformés en bande de sauvages ? Toi, qui es si brillant, tu dois bien te rendre compte que ça n'a aucun sens ?!

Tous se tournent vers Patrick, qui baisse les yeux sur ses mains rougies par l'hémoglobine avant de répondre :

— Si on se fie au compte à rebours que le chronomètre affichait avant, le prochain meurtre sera à midi et demi. On a donc encore *pas mal* de temps. Ça sert à rien de précipiter les décisions qu'on pourrait regretter. Et puis, il faut prendre en compte que…

Malory laisse échapper un rire :

— T'es complètement déconnectée, Laïla ! C'est *toi*, je te rappelle, la première à avoir voulu faire des schémas pour identifier la victime. Et maintenant qu'on a une réponse…

tu te donnes le droit de changer les règles ? C'est *sacrément* hypocrite.

Laïla lève les yeux au ciel, écarte les bras :

— *Wow*. OK. *Mettons* que c'est moi qui ai été empoisonnée par le Corrupteur. Qui va m'assassiner de sang-froid, hein ? Toi, peut-être ? (Elle se tourne vers Ange.) Ou toi ? Ou vous allez laisser la tâche ingrate au gorille sans cervelle ? termine-t-elle en pointant Quentin.

D'un coup, plusieurs voix s'élèvent. Thomas n'y comprend pas grand-chose, hormis qu'il a eu la chance de passer sous le radar. Il se gratte à nouveau les bras, et grimace de douleur quand son ongle pénètre dans la chair à vif.

— On devrait voter.

Un silence suit la proposition de Kariane. Quentin fait craquer ses jointures, et enchaîne :

— Une putain de bonne idée. Alors, qui pense que c'est Laïla, la victime ?

Joignant le geste à la parole, il lève la main. Thomas, après une milliseconde d'hésitation, l'imite. Il a avantage à soutenir son beau-frère, qui pourrait à tout moment retourner les autres contre lui. Gabriel, duquel émane une colère sourde depuis qu'il a rejoint le groupe dans la clairière, brise son mutisme :

— Moi aussi. T'aurais pas dû me laisser crever dans le bois, *you bitch*.

La rage dans la voix du DJ fait planer un malaise sur le groupe. Même Quentin a un mouvement de recul. Des regards incertains sont échangés. Et, l'espace d'un instant, personne n'ose bouger. Profitant de l'hésitation générale, Laïla part en flèche en direction de la forêt, ses longues jambes lui conférant une allure à la fois féminine et athlétique.

La surprise les méduse tous pendant une seconde ou deux. Puis Quentin reprend sa pelle et s'élance à sa suite, suivi de près par Patrick – qui court en boitillant – et par Kariane. Thomas ne peut s'empêcher de penser que quelque chose s'est définitivement brisé dans le groupe.

La fête est finie.

Ou vient juste de commencer, c'est selon.

LAÏLA
24 JUILLET
9 H 51
TEMPS RESTANT AVANT LA FIN DU DÉFI :
19:09

Laïla fuit comme si la Mort elle-même était à ses trousses. Les autres n'ont pas tort : tout, jusqu'à présent, pointe dans sa direction. Les dobermans. La photo. La consommation de drogue préalablement à la chasse au trésor. Personne ne l'a remarqué, mais sur le cliché de Zeff et elle, on peut voir un petit sachet de coke qu'il lui a remis. Impossible que ce soit un hasard. La substance, d'ailleurs, est toujours dissimulée dans sa poche – situation à laquelle elle devra remédier aussi vite que possible.

Son meilleur espoir, donc, est de semer ses poursuivants juste assez pour se trouver une cachette sur l'immense terrain. Si c'est vraiment elle, la victime, et si elle survit, dissimulée, jusqu'au lendemain matin, elle aura réussi son défi. Elle recevra l'antidote au poison que lui a administré le Corrupteur. Fin de l'histoire.

La lettre ne l'a pas expressément interdit, après tout.

La clairière n'est pas très grande. Rapidement, Laïla – remerciant le ciel pour ses interminables jambes et ses sandales à talons plats – rejoint la lisière des arbres. Elle réalise toutefois trop tard qu'elle fonce directement sur une haie compacte d'aubépines.

Quentin lui crie d'arrêter.

Elle lui envoie un doigt d'honneur au moment où elle pénètre dans la végétation. Elle ferme les yeux, avance à l'aveugle. Des pics pointus comme des aiguilles s'enfoncent dans sa peau, la déchirent, y laissant de longues lacérations. Elle serre les dents sur un hurlement. Et prie pour que la tactique ralentisse ses poursuivants.

Une fois de l'autre côté de la haie, elle rouvre les paupières. S'interdit de décélérer. Malgré la douleur, elle se réjouit d'entendre les jurons de Quentin dans son dos. Et les cris de Kariane. La stratégie a fonctionné ; elle gagne du terrain.

Avec un regain d'espoir, Laïla se faufile entre les arbres, saute par-dessus le ruisseau, contourne le cadavre d'un doberman égorgé et, finalement, s'immobilise, pour reprendre son souffle, derrière le tronc immense d'un vieil arbre.

Jusqu'où peut-elle aller sans quitter la propriété ?

Elle tend l'oreille, ignorant autant que possible les battements effrénés de son cœur.

Silence. Elle est seule.

Elle fouille dans sa poche, en retire le sachet de coke que Zeff lui a remis après l'avoir embrassée. En fait tomber une partie sur l'envers de sa main. Inspire un grand coup, puis s'essuie la narine. *Enfin.* La sensation n'est jamais agréable quand la poudre blanche pénètre dans son nez. Mais Laïla sait que d'ici quelques minutes, son cerveau plus alerte l'aidera à passer à travers cette histoire. Pendant quelques heures du moins. Elle ne peut pourtant pas se permettre de conserver le petit sac pour une utilisation ultérieure. Ce truc risque de l'incriminer. Elle lance donc la précieuse drogue dans un tapis de fougères.

Tu vas t'en sortir, ma vieille. Ces idiots ne te trouveront pas.

Les minutes s'écoulent. Elle entend des pas et des cris, plus loin, mais rien qui se rapproche d'elle. Elle soupire, soulagée.

Quand la coke commence à produire son effet, un mélange de bien-être, d'excitation et d'euphorie s'empare de Laïla. Son cœur réaccélère. La douleur causée par les lacérations s'atténue, tandis que ses autres sens s'aiguisent, de même que sa certitude d'être mieux outillée psychologiquement que ses « compétiteurs » pour survivre à ce calvaire.

Elle tend à nouveau l'oreille puis, sans émettre le moindre son, part à la recherche d'une meilleure cachette. Elle s'éloigne du tronc, effectue quelques pas, s'accroupit derrière un buisson. Un craquement la paralyse, mais il n'est suivi d'aucun autre bruit. Rassurée, elle reprend son avancée.

Une autre brindille craque. Le bruit est plus proche, cette fois. Laïla plonge dans la végétation, se couche à plat ventre. En s'exécutant, elle remarque ses propres empreintes dans la vase. Et se maudit intérieurement.

Des pas se rapprochent, une légère claudication. Elle reconnaît bientôt l'actuaire, qui se dirige droit vers sa cachette, la suivant *littéralement* à la trace. Lorsqu'il n'est plus qu'à un mètre d'elle, Laïla attrape une branche et bondit sur ses pieds. Un reflet luisant lui indique que son adversaire tient dans sa main une lame argentée.

— Laisse-moi tranquille, Pat. Je t'ai rien fait.

Voyant qu'il refuse de la laisser passer, Laïla tente de le frapper au visage à l'aide de son arme improvisée. Patrick l'évite, toujours aussi imperturbable. Il range son couteau dans sa poche, attrape l'extrémité de la branche et l'arrache des mains de Laïla. Terrifiée, elle pivote pour prendre la fuite, mais l'actuaire la saisit par l'avant-bras.

— Ahhhh ! Lâche-moi ! LÂCHE-MOI !

Elle se tortille, lui enfonce son talon sur un pied, donne des coups de coude. L'autre anticipe chaque mouvement et l'évite avec une aisance déconcertante.

— Bordel, calme-toi. C'est de la folie, de t'enfuir, comme ça. Tu vas te faire tuer pour rien. C'est sûrement pas toi, la victime. Ce serait trop facile. Faut juste que t'attendes le prochain indice.

Patrick s'exprime avec un détachement qui fait frissonner Laïla. Elle serre les dents, mais arrête de se débattre. Se retrouve aussitôt libre.

— Pourquoi tu m'as suivie, alors ?

— Tu aurais préféré que je laisse Quentin t'assassiner en pleine forêt ? Écoute, ils sont juste trois à avoir voté. Kariane et moi, on ne va pas le laisser faire, d'accord ? Elle est de ton côté. Elle te défend. Je l'ai entendue demander à Quentin de t'épargner pendant qu'on te cherchait.

L'air de réaliser qu'il parlait trop fort, il jette un coup d'œil aux alentours, puis reprend à voix basse :

— Ils veulent t'enfermer quelque part – probablement dans la cave à vin. Si ça arrive, je vais m'arranger pour garder la clé. Quentin ne s'en approchera pas. OK ? Tu peux me faire confiance.

Elle plonge son regard dans le sien. Il dissimule si bien ses émotions qu'elle ne parvient pas à décider s'il est sincère ou non. *Gabriel a raison*, songe-t-elle. *Il joue. Et il va se retourner contre ceux qui vont l'empêcher de gagner*. Elle le sent.

Avant qu'elle ait le temps de répondre, Kariane et Quentin arrivent. La première est à peine essoufflée, et le second est rouge et trempé de sueur. Il tend sa pelle à la Française et s'approche de Laïla. Elle tente de se sauver, mais elle se retrouve coincée par le duo. Les mains de Quentin se referment sur son bras :

— Tu as de la chance, les autres ne veulent pas ta mort. Mais on n'a pas d'autre choix que de t'enfermer. Si tu disparais, ça nous met tous dans la merde, tu comprends ?

Exactement comme Patrick l'avait prédit.

Malgré les promesses de l'actuaire, Laïla sent la panique la gagner. Elle crie, tente de s'enfuir. Sauf que la poigne de Quentin est trop solide. Et Patrick se joint à lui, de l'autre côté. Contre les deux hommes, elle est impuissante. Tout au plus parvient-elle à les ralentir tandis qu'ils l'entraînent de force vers le manoir.

ANGE
24 JUILLET
9 H 51
TEMPS RESTANT AVANT LA FIN DU DÉFI :

19:09

Ils vont tuer Laïla.

Ange est prêt à s'élancer, histoire d'éviter un meurtre, mais Malory le retient par le pull :

— Laisse-les régler ça entre eux. Ta présence n'y changera rien, de toute manière. C'est pas comme si t'allais effrayer Quentin ou Patrick…

L'attaque des chiens et la morsure à l'épaule de Malory avaient – en bonne partie, du moins – chassé leur conflit de leur esprit. Or, le commentaire de son ex fait brusquement retomber Ange sur terre. C'est vraiment ce qu'elle pense de lui ? Qu'il ne sert à rien ? Qu'il est incapable de tenir tête à d'autres hommes ? Il se dégage d'un geste, puis la fusille du regard :

— On sait même pas si c'est elle, la victime, Mal ! L'indice pourrait désigner…

— *Réveille-toi*, Ange ! Il va probablement y avoir un meurtre à midi et demi. Faut agir pour empêcher ça. On n'a pas le choix. Que ça te plaise ou non.

— Ben oui. Tuer une innocente m'apparaît une solution géniale.

Malory l'entraîne à l'écart de Gabriel et de Thomas puis, baissant le ton :

— C'est une inconnue que tu veux sauver ? Ou nous deux ? Parce qu'il faut décider de tes priorités, là, maintenant. Si on veut passer à travers de…

Idiot, comment tu as pu ne jamais t'apercevoir à quel point cette fille est égoïste ?

— Ta gueule, Mal. Je veux pas entendre tes arguments pitoyables. Tu m'écœures.

Il s'éloigne de son ex, mais abandonne quand même l'idée de secourir Laïla. Il voudrait *tellement* se foutre de Malory. Du sort qui l'attend. Pourtant, il n'y arrive pas. Il a beau se sentir trahi. Déçu. Triste. Fâché, surtout. Il serait incapable de vivre avec sa mort sur la conscience. Qu'il en soit responsable ou pas. Si elle n'était pas entrée dans sa vie deux ans plus tôt, lui-même n'existerait plus. Comment pourrait-il se justifier de l'abandonner maintenant ?

Ange se mord la lèvre, incapable de chasser les réminiscences de cette époque où, alors qu'il était tout juste sorti d'une école de danse contemporaine, la vie s'était chargée de lui ôter toutes ses illusions : vivre de son art relevait de l'impossible. Menacé de se retrouver à la rue, il avait commencé à se prostituer. À abuser de l'alcool pour oublier l'échec monumental que devenait son existence. Une spirale infernale qui ne cessait de l'entraîner plus loin dans la dépression.

Un généreux cocktail de médicaments : c'était tout ce qui le séparait de la mort. Et, ce jour-là, où toute la merde du monde semblait lui être tombée sur la tête, il avait décidé de passer à l'acte. Dans une ruelle sombre du quartier Saint-Roch. Seul. Rien n'allait l'arrêter.

Mais il n'avait pas prévu qu'une chanteuse emprunterait cette même ruelle, ni qu'elle allait le remarquer. Et prendre le temps d'appeler les secours.

Ils ne s'étaient plus lâchés, depuis.

Malory pose une main sur son épaule, forçant son retour dans le présent :

— Si ça peut te rassurer, je ne pense pas qu'ils vont l'achever. Pas encore. Il reste assez de temps avant midi et demi. Et Patrick va vouloir examiner la photo de plus près avant d'agir, pour être sûr. Il sait calculer, hein, l'actuaire : si on élimine Laïla pour rien… on sera moins nombreux. Ça augmentera donc les risques de chacun d'être la star de la prochaine scène de crime… Mais, Ange, *faut être prêts*. Faut s'armer, nous aussi, si on veut pas être fichus quand les choses vont mal tourner. Tu comprends ? Ça t'oblige à tuer personne… mais on ne peut pas non plus rester vulnérables. Parce que là, c'est sûr qu'on se fera charcuter avant la fin des vingt-quatre heures.

Ange réfléchit un instant, répond par un grognement ; *elle a raison*, est-il forcé d'admettre en lui-même. Et comme elle le connaît trop bien, elle hoche la tête, satisfaite.

Elle se tourne ensuite vers Gabriel, qui avance dans leur direction. Sa démarche inégale est devenue laborieuse depuis leur escapade en forêt. La colère qui émanait de lui semble toutefois avoir diminué d'un cran :

— *Thomas and I…* on retourne au manoir. Vous venez ?

Malory échange un regard avec Ange, et lance d'un ton jovial – complètement déplacé pour les circonstances :

— *Yes* ! On vous suit.

Ange ne peut s'empêcher d'admirer la détermination de Gabriel qui, bien que ralenti par la douleur et les obstacles, a refusé son aide pendant la majorité du trajet. Quand ils atteignent enfin la cour arrière du manoir, les cris de Laïla gagnent en intensité en provenance des bois :

— Lâchez-moi ! Lâchez-moi !!! Mais laissez-moi tranquille, bande de sauvages ! Ahhhh ! Outch ! Mais tu me fais mal, espèce d'idiot ! Arrête !

Elle ne tarde pas à apparaître d'entre les arbres, encadrée par Quentin et Patrick. Et suivie de près par Kariane. Laïla est couverte de la tête aux pieds d'égratignures sanguinolentes. Sa queue-de-cheval est emmêlée, et ses vêtements de marque sont déchirés en plusieurs endroits.

— Vous l'avez pas manquée, ironise Malory.

— Elle s'est jetée elle-même dans une putain de haie pleine d'épines.

— LÂCHEZ-MOI ! ALLEZ ! MERDE ! AHHH ! OUTCH !

Ils entrent par le salon, puis s'enfoncent davantage dans la demeure, se dirigeant vers les escaliers de service. Ange descend à son tour les marches, se retenant d'intervenir, et réalise avec une honte profonde que ça le rend aussi coupable qu'eux.

En bas, près de la porte que la moitié du groupe a tenté de défoncer, le sol est couvert de poussière de plâtre et de débris. Patrick et Quentin y laissent de nouvelles traces en conduisant Laïla jusqu'au cellier. Ils y relâchent la jeune femme, qui tombe à genoux, puis ils referment l'issue sur elle. Patrick verrouille la porte, et enfonce la clé – et son ridicule porte-clés en forme de bouteille – dans sa poche arrière.

La honte d'Ange décuple lorsqu'il voit Laïla se relever, un profond désespoir peint sur le visage. Elle se place face à la vitre, frappe du poing la paroi épaisse, qui se contente de lui répondre par une vibration sonore. Laïla n'a rien à sa disposition, aucune arme, aucune bouteille. Le cellier est vide, excepté les étagères fixées au mur de pierres. Et Ange doute que celles-ci soient de la moindre utilité.

La voix de la captive parvient à ses oreilles, étouffée par la cloison :

— Vous n'avez pas le droit de me faire ça. Y a *rien* qui prouve que c'est moi !

— Allons en haut, suggère Patrick. Elle va se calmer.

Ange les suit, le cœur serré. Une fois de retour dans la cuisine, Malory ouvre les tiroirs jusqu'à trouver deux couteaux d'office. Elle en glisse un dans sa botte fuchsia, avant de lui donner l'autre. Mal à l'aise, il insère le sien dans sa poche en espérant qu'il ne finira pas par se blesser une cuisse avec la lame. Quentin s'en aperçoit et hausse les sourcils :

— Vous avez l'intention de faire quoi, avec ça, les tourtereaux ?

— Nous protéger des crétins qui pourraient vouloir nous enfermer, répond Malory du tac au tac.

— Ça se tient.

Il esquisse un sourire, demande à Kariane de lui rendre sa pelle en métal, puis s'appuie au comptoir.

— Est-ce qu'on peut mieux voir la photo ? s'enquiert Patrick.

Quentin hoche la tête, extrait la petite image de son pantalon et la tend à l'actuaire, qui l'examine un instant :

— Y a rien de spécial, on dirait, à part Laïla et Zeff. Mais on ne voit pas le visage du policier ; ça pourrait être n'importe qui. Quelqu'un remarque autre chose ?

La photo passe de main en main. Lorsqu'elle revient dans celle de Patrick, il va la déposer sur la table octogonale avec la lettre du Corrupteur, les règles et les schémas élaborés par Laïla. Il allonge ensuite les doigts vers le chronomètre, mais Kariane, plus rapide, s'en empare avant lui. Tandis qu'elle passe le cordon autour de son cou, l'actuaire hausse les épaules, comme si c'était le dernier de ses soucis.

Ange, toutefois, le soupçonne d'être frustré de ne pas pouvoir contrôler l'instrument.

Malory émet un grognement, puis s'assoit sur le comptoir en granit :

— Y a pas trente-six mille options. C'est triste à dire, mais si on trouve rien d'autre sur la photo…

Elle laisse sa phrase en suspens. L'actuaire lance un regard vers l'horloge du four et passe une main dans sa chevelure sombre :

— Il est dix heures et demie. Si personne n'a une meilleure idée, je propose qu'on commence par prendre soin de nos blessures, par nettoyer et bander tout ce qui a besoin de l'être. Après ça, on se débarrasse du cadavre, vu qu'on a le temps. Si rien n'a changé à midi, faudra encore voter, pour Laïla.

Kariane a un hoquet de surprise :

— Pourquoi on se débarrasserait de Zeff ?

Patrick soupire, comme si la question l'exaspérait :

— On veut tous sortir vivants de cette histoire, non ? Vous avez pensé à l'« après » ? Qu'est-ce qu'on va faire quand on va constater la disparition de Zeff et que la police va se pointer ici ? Ça va être *qui*, les premiers suspects, d'après vous ?

Sa remarque oblige le groupe à avoir un moment de réflexion.

— Si on se serre les coudes, continue-t-il, et qu'on s'organise pour effacer les traces du crime, peut-être qu'on va pouvoir continuer nos vies normalement. Dans le pire des cas, au moins, ça va ralentir l'enquête, et nous donner du temps…

Ange est loin d'être convaincu ; c'est le Corrupteur qui est l'unique responsable de la mort de Zeff, personne d'autre. Effacer ce crime reviendrait à en assumer la culpabilité. Il formule ses doutes à voix haute, ce qui lui vaut un regard incendiaire de l'actuaire :

— Tu n'as même pas idée de la quantité de travail que j'ai abattue pour arriver là où j'en suis. Tu penses que je vais prendre le moindre risque que tout ça se retrouve à la poubelle ? Je fais pas confiance aux flics. Ni aux avocats. Ni au bordel de gouvernement qui gère cette crise comme une bande de nuls. C'est moi qui vais régler mes problèmes, un point, c'est tout. Ceux qui sont pas d'accord peuvent aller se faire foutre par les baleines dans le Saint-Laurent.

Ange ouvre la bouche, prêt à riposter, mais Malory pose une main sur son bras pour le contraindre au silence. Il bout intérieurement en entendant son ex proposer :

— Pourquoi on l'enverrait pas dans le fleuve, justement ? On est à, quoi, même pas cent mètres de la rive ? On a juste à attacher un objet lourd au corps.

L'actuaire se gratte le menton, puis grimace :

— En plein jour ? Et si quelqu'un nous apercevait ?

— Y a pas d'habitations proches, dit Malory. Et je pense que l'efficacité l'emporte sur la prudence, aujourd'hui. Non ?

QUENTIN
24 JUILLET
10 H 49
TEMPS RESTANT AVANT LA FIN DU DÉFI :
18:11

La marée est basse. Une plage grise et terne s'étire sous l'épais couvert nuageux. Comme plus tôt ce matin, quelques gouttes éparses tombent du ciel. Et avec la chaleur qu'il fait, elles sont les bienvenues. Un bateau de marchandises passe lentement devant eux. Aucune embarcation de plaisance – conséquence de la météo inquiétante, sans doute. Quentin doit admettre, malgré tout, que la perspective de se mettre ainsi à découvert ne lui plaît pas. Et à vue d'œil, la plage descend trop tranquillement pour faire disparaître un corps.

Avant d'arriver là, ils ont pris un moment pour se soigner et se nettoyer. Quentin a d'ailleurs déniché un pull de rechange dans la chambre de Zeff. Bien que trop petit, ce vêtement est une meilleure option que de rester torse nu.

Ensuite, ils ont nettoyé la penderie – Ange et Gabriel y sont restés pour terminer de récurer le plancher et les murs. Chaque recoin, chaque décoration a été fouillé. Le corps de Zeff a été examiné à fond, encore une fois, sans apporter d'autres découvertes. Pas si étonnant, puisque le Corrupteur a annoncé *une* activité par scène de crime, dans ses règlements. La première était décrite dans cette enveloppe pleine de pilules, trouvée sous la pile de vêtements. La course avec les dobermans. Combien d'autres surprises découvriront-ils ?

Le reste du groupe est désormais rassemblé sur la rive. Le corps et la jambe de Zeff, de même que les barbelés et les déchets ont été emballés dans le drap de la chambre principale. Le plan était de chercher un gros rocher pour faire couler ce butin. Mais l'idée paraît à présent futile.

Découragé, Quentin dépose les pieds de Zeff. Patrick fait de même avec la tête. L'actuaire sort ensuite la clé du cellier de sa poche arrière, comme pour vérifier qu'elle s'y trouve toujours. Lorsqu'il veut l'y remettre, cependant, la délicate chaînette du porte-clés se sépare en deux, apparemment brisée dans le mouvement. Seule la bouteille décorative retourne à son emplacement initial. La clé, quant à elle, tombe sans bruit dans les mauvaises herbes.

Le cœur de Quentin s'emballe : cette clé, c'est peut-être sa chance de mettre fin à cette histoire pour de bon. Si Laïla est bien la victime et s'il la tue, le défi sera terminé. Et lui sera libre de retourner voir Sabrina et les jumelles. À l'heure qu'il est, sa compagne doit être furieuse qu'il ne soit pas encore rentré à la maison.

— Ouais, c'était pas si brillant, finalement, mon idée, admet Malory. On peut peut-être l'enterrer dans la forêt en fin de compte ? Pas besoin de creuser trop profond si on veut pas perdre de temps.

— Ouais, acquiesce Quentin. Moi, voir toute cette eau m'a donné une putain d'envie de pisser. Tom, laisse ma pelle à Malory, et viens prendre les pieds à ma place. Je vous rejoins dans deux minutes.

Après avoir noté mentalement où Patrick s'était tenu – et donc où chercher la clé –, il s'éloigne de quelques pas, et baisse la fermeture éclair de son pantalon.

Dans son dos, personne ne bouge.

— C'est ma grosse queue qui vous intéresse ? demande-t-il en soulageant sa vessie.

Kariane lui lance une insulte, puis tourne les talons, suivie par le reste du groupe. Quentin soupire, soulagé. Aussitôt sa besogne terminée, il retourne à l'endroit où Patrick a perdu la clé et s'en empare. Il regagne ensuite la maison en s'assurant de ne pas prendre le même chemin que les autres. Une fois à l'intérieur, il va s'équiper d'un couteau – plus imposant que ceux d'Ange et de Malory – et se précipite au sous-sol. Il s'immobilise devant la porte, essoufflé. Le regard de Laïla se pose sur l'arme, puis s'écarquille de terreur.

— *NON* ! T'approche pas, espèce de…

— J'suis désolé, Laïla. Je t'aime bien, en plus. Mais on a perdu trop de temps. Merde, j'ai pas le choix ! Tu dois le comprendre. Le Corrupteur… il va tuer d'autres personnes si on ne fait rien.

Il enfonce la clé dans la serrure. Tourne.

Et entre.

KARIANE
24 JUILLET
10 H 55
TEMPS RESTANT AVANT LA FIN DU DÉFI :
18:05

— Ici, ça devrait aller, annonce Patrick en déposant la tête de Zeff, toujours enroulé dans le drap.

Thomas l'imite en soupirant. Libéré du poids du défunt, il frotte ses bras en grimaçant, puis il utilise son pull pour essuyer la sueur sur son front. Kariane, une main fermée sur son marteau, l'observe en réprimant un malaise. Elle voulait le remplacer, mais elle s'est retenue de lui offrir son aide, de crainte de l'insulter. Même chose pour Patrick, qui marche sur sa jambe blessée en claudiquant à peine, mais qui doit souffrir le martyre à chaque pas.

Après avoir examiné le sol, Malory plonge la pelle dans un espace dégagé, et en retire une première motte de terre argileuse. Elle dépose ensuite la pelle et colle sa main contre son épaule :

— Putain, ça fait mal. Quel fichu chien !

L'actuaire s'approche :

— C'est bon, je vais…

Son expression se fige au milieu de sa phrase. Il extrait de sa poche arrière une bouteille de vin miniature. Observe celle-ci pendant une fraction de seconde, l'air confus, puis tourne sur lui-même pour examiner la végétation à ses pieds.

— Oh, merde !

— Quoi ? demande Kariane. Qu'est-ce qui se passe ?!

Un élan de panique lui fait agripper le chronomètre qui pend sur sa poitrine. S'en apercevant, elle s'empresse de le relâcher avant que l'actuaire tourne son regard vers elle :

— La clé du cellier, explique-t-il, elle est plus là. Je l'ai perdue.

— QUOI ?! s'écrie cette fois Malory. Elle est où, alors ?

— J'sais pas ! La dernière fois que j'ai vérifié, je… Oh ! Bordel. On a un problème.

Le cœur de Kariane manque un battement.

— Laïla, s'entend-elle souffler. Quentin voulait la… Il a pris la clé, tu penses ?

L'air grave, Patrick hoche la tête :

— C'est pas impossible. Faut se dépêcher d'aller les rejoindre.

Joignant le geste à la parole, il s'élance au pas de course à travers les arbres en direction du manoir, bientôt suivi par Thomas, Malory et Kariane.

On va arriver trop tard, comprend cette dernière en leur emboîtant le pas. *Putain, on va arriver trop tard !* Elle réalise alors que sa main libre est encore refermée sur le chronomètre. Pense au bouton « En cas d'urgence ». Hésite un instant. En venant au Québec, elle s'est juré qu'elle serait une *bonne* personne. Qu'elle ferait des choix altruistes. Terminé la fraude, l'escroquerie, les mensonges. Elle a même coupé tous les ponts avec sa famille. Maintenant, elle a le sentiment d'avoir peut-être la vie de Laïla entre les mains. Et que si elle n'appuie pas sur ce bouton, elle ne vaudra pas mieux que son père et ses frères.

Sans réfléchir davantage, elle enfonce le petit mécanisme.

Pendant les secondes suivantes, rien ne se produit. Kariane continue de courir avec le reste du groupe. Le manoir devient visible à travers la végétation. Soudain, Patrick pousse un cri de surprise. Il s'immobilise, forçant les trois autres à l'imiter pour éviter de le percuter. Il fait ensuite volte-face, une expression de totale incompréhension sur le visage. Et il arrache une sorte de dard planté dans sa poitrine. Baisse le regard sur l'objet :

— Merde ! Qu'est-ce qu...

Il titube, tente de s'agripper à une branche et s'effondre mollement au sol.

Malory pousse un cri strident, et Kariane, en suivant son regard, réalise qu'ils ne sont plus seuls dans la forêt : une douzaine de personnes au moins foncent dans leur direction. Toutes sont vêtues de tenues aux teintes verdâtres ou de combinaisons de camouflage et portent un masque à gaz qui cache leur visage. Deux d'entre elles sont armées d'arbalètes miniatures. Kariane s'en aperçoit d'ailleurs juste à temps pour bondir hors de la trajectoire d'un nouveau dard tranquillisant. D'autres sont équipées de tasers, de matraques. Et des petites grenades métalliques sont accrochées à leur ceinture.

Thomas est le deuxième à s'effondrer, succombant au même sort que Patrick.

Kariane se tourne vers Malory, dont le visage est inondé de larmes.

— J'ai peur, s'étrangle la chanteuse.

Au même moment, une grenade atterrit à leurs pieds, laissant échapper un nuage de fumée grise. Et le groupe continue de se refermer autour des deux femmes. Malory laisse échapper un hoquet, puis plaque ses mains sur sa bouche.

Kariane, elle, retient son souffle avant de respirer la substance nocive. Elle serre le poing sur son marteau, cherchant une voie de sortie. Se battre ne la mènera nulle part : ses adversaires sont trop nombreux. Ne reste que l'option de la fuite.

Sauf qu'elle est déjà encerclée.

Du coin de l'œil, elle identifie parmi les étrangers son ennemi le plus chétif – une femme, à en juger par ses formes. D'assez petite taille.

Lorsque Malory tombe à genoux et s'effondre en râlant, Kariane profite de la diversion : elle bondit vers cette inconnue masquée, qui tend aussitôt les bras pour l'attraper. Kariane esquive le geste, puis lui assène un solide coup de marteau, droit sur la tempe. L'inconnue tombe à la renverse et Kariane profite de l'ouverture pour filer.

Mais dans son dos, un son sec retentit : la corde de l'arbalète qui lâche son projectile, comprend Kariane en sentant un éclair de douleur lui traverser le dos. Elle n'arrête pas sa fuite pour autant. Et, de tout son être, elle regrette d'avoir appuyé sur ce fichu bouton. D'avoir mis sa propre vie en danger pour celle d'une inconnue. *Si je me réveille, je ferai pas cette erreur-là deux fois*, se promet-elle en sentant sa conscience l'abandonner, son corps foncer tout droit vers le sol.

Je vais survivre. Peu importe ce que ça coûtera.

PATRICK
24 JUILLET
12 H 32
TEMPS RESTANT AVANT LA FIN DU DÉFI :

16:28

Le soleil est haut dans le ciel. Beaucoup plus haut que lorsque Patrick a fermé les yeux.

Confus, il examine les environs et remarque de nombreuses traces de pas au sol. Il palpe son pectoral enflé, avec l'impression qu'un feu brûle son muscle de l'intérieur. *Le dard*, se souvient-il alors. *Ces enfoirés m'ont encore endormi !*

— Merde, parvient-il à articuler, malgré le sentiment d'être déconnecté de son corps.

Il cligne des paupières et parvient à s'asseoir. La douleur dans son mollet est toujours bien présente. Il prend un moment pour examiner son bandage, réalisé à l'aide d'une nappe découpée en lambeaux – vu l'absence de matériel de premiers secours. Tout semble aller de ce côté-là. Malgré tout, il paierait cher pour avoir un analgésique, *légal ou non*. Et pour n'importe quelle substance qui aurait pour effet de le maintenir éveillé.

Une fois rassuré sur son état général, il considère les environs. Malory est déjà debout, une main appuyée à un tronc pour conserver son équilibre. Celle reliée à son épaule blessée pend mollement le long de son corps. Sa blessure a beau être plus superficielle que celle de Patrick, elle doit tout de même lui causer de sérieux élancements.

Il repère ensuite Kariane, plus loin, toujours inconsciente. Sa poitrine se soulève au rythme de ses respirations, ce qui confirme qu'elle n'est pas morte. Il se lève pour la rejoindre quand Malory se tourne vers lui :

— Tu vois Thomas ? Il s'est pourtant évanoui à côté de nous.

Avant qu'il puisse répondre, Kariane émet un gémissement et porte une main à sa tête.

— Je comprends pas, poursuit Malory en secouant ses cheveux bicolores. On avait du temps. Plein de temps. Il doit être quoi, midi, là ? Pourquoi est-ce que…

Elle laisse planer la phrase. Du coin de l'œil, Patrick remarque un mouvement du côté de Kariane. Assise, elle paraît chercher un objet autour de son cou, puis sur le sol. Son visage affiche une confusion évidente. Et un malaise. Ses joues rougissent. Elle ouvre la bouche, puis la referme aussitôt.

Le chronomètre. Elle ne l'a plus. Est-ce qu'elle aurait pu… ? Patrick se passe une main dans les cheveux, secoue la tête :

— Bordel, Kariane, t'as appuyé sur le bouton ? *Vraiment* ?!

Il n'en était pas tout à fait certain, avant de voir le visage de la Française se décomposer. Il serre les dents, furieux.

— C'était vraiment une idée de merde… grogne-t-il.

— Donc, appuyer là-dessus, ça nous enlève du temps, déduit Malory. *Wow*. Mais en échange de quoi ? En quoi ça nous aide en cas d'« urgence » ?

— Je suis pas certain.

Les parties de son cerveau continuent de se réactiver une à une.

— Bon, je crois qu'on devrait aller voir à l'intérieur, ajoute-t-il. Possible qu'il soit déjà midi et demi, et je suppose que…

— Mon marteau, fait Kariane d'une voie paniquée. Il est plus là, lui non plus. Quelqu'un l'a pris.

Patrick lance un regard à la ronde et constate qu'elle a raison. Marchant vers elle, il lui offre sa paume ouverte :

— C'est pas important. Viens, je vais t'aider.

L'air peu rassuré, elle accepte la main tendue. Et Patrick, s'efforçant d'ignorer sa propre douleur, escorte Malory et Kariane jusqu'à la porte extérieure qui leur permet d'entrer directement dans le salon.

Où les attend un silence déroutant.

L'actuaire regarde l'horloge : midi quarante-deux. Une bonne heure et demie s'est écoulée pendant leur inconscience.

— ANGE ?!?

Suivie de près par le reste du groupe, la chanteuse traverse le salon jusqu'à l'immense hall d'entrée où se trouve l'escalier principal. Ange le dévale au moment où ils l'atteignent :

— Oh ! Mal ! Dieu merci.

Les deux ex se rejoignent en bas des marches et s'immobilisent à quelques pas l'un de l'autre, l'air de ne pas savoir comment se comporter. Pendant ce temps, Gabriel descend à son tour l'escalier, une marche à la fois. Sa hache ne l'a pas quitté, constate Patrick en le voyant. Ni la lueur de colère au fond de son regard.

— On vient juste de se réveiller. Y a encore du gaz qui est sorti de la ventilation, explique Ange en se détournant de Malory. Et vous…

— On a été attaqués par des hommes de main du Corrupteur, résume Patrick. Ils nous ont tiré dessus avec des fléchettes tranquillisantes. Apparemment, Kariane a jugé que c'était une bonne idée d'appuyer sur le bouton d'urgence du chronomètre. Et Thomas a disparu. Vous l'avez vu ?

Gabriel secoue la tête, demande de son accent prononcé :

— Vous en étiez où, dehors ? Vous avez eu le temps de… euh… débarrasser de le corps ? Nous, on n'a pas mal fini de… *clean up. It's not perfect, but…*

Un hurlement hystérique, paraissant tout droit sorti d'un film d'horreur, l'empêche de terminer sa phrase. Ils demeurent tous immobiles pendant une fraction de seconde, avant de s'élancer au pas de course en direction du bruit.

Patrick arrive en premier au bout du couloir menant à la piscine intérieure et referme les doigts sur la poignée. Mais avant qu'il ait le temps de l'actionner, la porte s'ouvre avec fracas : Laïla – apparemment échappée du cellier – jaillit comme une tempête de l'immense pièce humide. Elle percute Patrick et tombe à la renverse. Son cri se poursuit, amplifié par l'écho que renvoient les murs peinturés de fresques. Lorsqu'elle reconnaît les nouveaux arrivants, ses cris se transforment en gémissements. Elle lève un bras… qui se termine par un marteau couvert de fluides rouges.

Fixé à son poing par une bonne épaisseur de ruban adhésif.

— Enlevez-moi-ça-enlevez-moi-ça-enlevez-moi-çaaaaaa !!!! (Elle se met à pleurer et devient incohérente.) Le… le mar… marteau é-é-t-t-tait c-c-coincé d-dans sa… d-d-dans son v-visa-visage.

Sa respiration s'accélère. *Si elle continue comme ça, elle va perdre connaissance.* Pourtant, avant de lui venir en aide, Patrick a besoin de *comprendre* ce qui s'est passé. Et de savoir *qui*, de Thomas ou de Quentin, a vu cette arme de près. Il ignore donc Laïla et reporte son attention vers l'intérieur de la pièce. Entre, un pas prudent à la fois.

Et *voit*.

Le cadavre est allongé sur le carrelage, près de la piscine, dans une position peu naturelle, facilement identifiable par ses vêtements de mauvais goût, sa montre et les taches de rousseur sur ses bras. Thomas. En observant la masse informe qu'est devenue sa tête, Patrick ravale un haut-le-cœur. De multiples éclats d'os dépassent de la chair. La chevelure, dont une partie est détachée du crâne, est encrassée par le sang encore frais. Et le visage n'a rien à envier au reste : Patrick peine à identifier des traits humains à travers la boucherie. Un œil est fendu, l'autre est à moitié sorti de son orbite. La mâchoire, disloquée, est ouverte sur un ultime cri de douleur.

— En-en-enlevez-moi çaaaaa, sanglote toujours Laïla.

— Je vais aller chercher des ciseaux, annonce Ange d'une voix éteinte.

Pendant que ce dernier quitte la pièce, Patrick se tourne vers Malory :

— Installe Laïla sur le banc en osier. Je vais juste vérifier… quelque chose.

Répugné par la violence du crime, il continue néanmoins de s'approcher du défunt, évitant autant que possible les éclaboussures de sang qui constellent le plancher. De nouveaux détails deviennent visibles : dents déracinées, une partie du nez, l'os de la pommette. Patrick se mord la langue pour éviter de succomber aux nausées qui récidivent. Puis il jette un œil aux autres pour s'assurer qu'ils ne le voient pas retirer la montre de Thomas. Celui-ci, de toute manière, n'en aura plus besoin. *Ils ne comprendraient pas le geste*, suppose-t-il. Pourtant, connaître l'heure deviendra de plus en plus important dans le jeu qui se jouera d'ici le lendemain matin. Une montre pourrait faire la différence entre vivre et mourir. Il glisse l'objet dans sa poche, puis rejoint les autres près du meuble en osier.

Malory lui laisse une place à côté de Laïla, dont la peau, livide à l'extrême, contraste avec les écorchures rouge vif causées lors de sa fuite en forêt. Il entreprend de lui caresser le dos et l'encourage à respirer lentement par la bouche. Elle retrouve un certain contrôle d'elle-même.

— Qu'est-ce qui s'est passé ? s'autorise-t-il à lui demander. Tu te souviens de quelque chose ?

— Je... je sais plus. Je crois que... Quentin ? Il est venu me voir. Pour... pour me tuer, je pense ? Mais c'est... *vraiment* flou.

— On devrait peut-être aller en bas, suggère Gabriel. Pour être sûrs que...

Ange choisit ce moment-là pour réapparaître avec les ciseaux :

— Quentin est vivant. Je l'ai entendu crier et frapper sur la vitre du cellier. Je suis allé jeter un œil ; il a l'air d'aller bien. Mais j'ai pas... j'ai pas osé le libérer avant de comprendre ce qui était arrivé à Laïla...

Cette nouvelle information réjouit Patrick ; Quentin et lui ont eu beau s'entraider, tout à l'heure, avec le chien, cette armoire à glace demeure le « participant » le plus susceptible de liguer les autres contre lui. Ce retournement de situation est donc un véritable cadeau du ciel...

LAÏLA
24 JUILLET
12 H 47
TEMPS RESTANT AVANT LA FIN DU DÉFI :

16:13

Laïla n'ose pas regarder son bras pendant qu'Ange découpe le ruban argenté. Le souvenir du craquement juteux qu'elle a entendu lorsqu'elle a sorti le marteau du crâne est trop frais dans sa mémoire. À cette seule pensée, un frisson lui parcourt l'échine.

Sans prévenir, Ange tire sur le ruban adhésif pour le décoller. Et elle doit serrer les dents sur un cri de surprise et de douleur. Malory saisit le membre nouvellement libéré et en rapproche son visage :

— Merde. Regardez.

Inquiétée par les hoquets étonnés, Laïla tourne les yeux vers sa peau, juste sous le coude. Y découvre une calligraphie semblable à celle des autres messages du Corrupteur. Elle tire sur son bras pour le libérer de l'emprise de la chanteuse.

— *What is written ?* demande Gabriel.

Tous les regards se figent sur Laïla, qui prend une profonde inspiration. Elle s'oblige à porter son attention sur le message et récite les mots au fur et à mesure qu'elle les déchiffre :

— « Besoin d'un indice supplémentaire ? Pour accéder à la prochaine activité, vous devrez boire sans tricher. Parce qu'une fête sans alcool serait ennuyeuse. Bonne chance. »

Un silence accueille les nouvelles informations. Laïla a, pendant un instant, l'impression que le temps s'est arrêté.

— Pas question que j'avale quoi que ce soit d'autre qui vient de ce dérangé, lance soudain Ange. On a quand même failli y passer, la première…

— Ange, ta gueule, bordel !

L'interpellé tourne un regard offusqué vers Malory, puis se renfrogne.

Toujours assis à côté de Laïla, Patrick se frotte le visage, l'air beaucoup moins en forme qu'au début de la journée. Il s'exprime d'un ton las :

— OK. Avant de prendre une décision, je propose qu'on aille trouver la fameuse activité.

— *And… what about the body ?* demande Gabriel en pointant le cadavre, qui gît toujours à côté de la piscine.

Malory émet une sorte de ricanement :

— On devrait peut-être se concentrer sur les vivants avant de gérer les morts. Surtout vu notre échec à nous débarrasser de Zeff, hein.

Personne n'ose la contredire.

Les chaises en osier craquent tandis que leurs occupants se lèvent. Laïla soupire. Elle n'a aucune envie de risquer à nouveau sa vie dans une stupide quête du Corrupteur. *Aucune*. Pourtant, elle n'a pas le choix : sa meilleure chance de survivre est de dénicher un nouvel indice et, ainsi, de convaincre les autres qu'elle n'est *pas* la victime. Elle doit absolument retrouver son habituelle maîtrise d'elle-même, qu'elle a l'impression d'avoir perdue à la seconde où ces dobermans sont apparus dans cette forêt. Alors, malgré ses jambes toujours chancelantes, elle parvient à trouver la force de se lever.

Ils explorent d'abord la pièce où ils ont trouvé le cadavre et la salle de bains attenante. Hormis la scène de crime, rien d'anormal. Aucune enveloppe, ni sachet, ni rien qui s'y apparente ne semble se cacher sur le corps ou à proximité.

Ils se séparent en deux groupes pour explorer le rez-de-chaussée. Laïla se dirige vers le boudoir avec Malory et Ange, alors que Patrick, Gabriel et Kariane se rendent au garage. Ils se retrouvent, plusieurs minutes plus tard, devant les portes closes de la salle à manger principale – et non pas celle de la cuisine où ils se regroupent habituellement.

— Avez-vous trouvé quelque chose ? demande Kariane.

Laïla secoue la tête.

— Nous, on a récupéré le chronomètre. Il était sur la table octogonale. Patrick ne m'a pas laissée y toucher.

Laïla remarque l'objet accroché au cou de l'actuaire, incapable de décider si cela la rassure ou l'inquiète.

— La prochaine scène de crime est prévue à dix heures ce soir, annonce Patrick en pointant le petit cadran numérique. Si personne n'a la stupide idée d'appuyer sur le fichu bouton, on a *vraiment* beaucoup de temps devant nous.

— Y a rien qui nous dit que le décompte indique *vraiment* la prochaine scène de crime, raisonne Kariane. Ou que…

Laïla a une soudaine illumination, qu'elle ne peut s'empêcher de partager :

— Pourquoi le bouton n'aurait pas *causé* le meurtre, plutôt ?

Patrick secoue la tête.

— C'est pas logique. Les consignes du Corrupteur sont claires : les scènes de crime vont survenir « tant que la fête continuera ». Il a un *planning*.

Malory, qui semble peu affectée par la conversation, pousse les doubles portes en bois menant à la salle à manger :

— Okayyyyy ! s'écrie-t-elle, pétrifiée dans l'embrasure. Je suis la première à regarder ici, je suppose ?

Malgré un désagréable pressentiment, Laïla s'astreint à la suivre, aussitôt imitée par tous les autres.

Le lustre moderne éclaire, sur la table en acajou, une étrange structure : une grosse boîte en bois sur laquelle est inscrit le mot « PUZZLE » en lettres dorées. Sept gobelets à demi remplis y sont posés, une paille plantée dans chaque couvercle.

Laïla s'approche et tente de soulever un gobelet, mais celui-ci reste collé à la boîte qui, elle, refuse de bouger de son emplacement sur la table :

— C'est *ça* que le Corrupteur veut qu'on boive ?

— On dirait, oui, répond Patrick en examinant de plus près les petites boules noires nageant à la surface du liquide. Je suppose que c'est aimanté. Regardez, au fond des verres, il y a comme un rond. C'est probablement un aimant, aussi. Donc, si on boit tout, les flotteurs descendront, et j'imagine que le contact des aimants va actionner le mécanisme qui permet à la boîte de s'ouvrir. Reste à savoir ce qu'il y a dans ces verres…

— On pourrait juste recracher le liquide, suggère Kariane.

Gabriel croise les bras, grogne :

— Sur le bras de Laïla, c'est pas écrit « vous devez boire sans tricher » ? *That would seem like* « tricher » *for me.*

— Y a vraiment rien qui nous oblige à…

— *ANGE* ! s'écrie Malory.

— Hé, Mal. Je sais bien que tu veux pas crever ici. Mais j'ai quand même le droit d'avoir une opinion ! Qu'est-ce qui te prend aujourd'hui ? Je te reconnais plus !

Patrick se racle la gorge pour les faire taire, mais Ange le prend de vitesse et poursuit sur le même ton :

— Moi, je vais aller voir Quentin. Faites ce que vous voulez avec vos vies, mais vous ne me ferez pas avaler ce truc. Et puis, Mal, tu devrais pas non plus. C'est juste nul.

Pendant qu'Ange lui tourne le dos et disparaît, Malory grimace.

— Bon, qui essaie de contrôler qui, maintenant ? siffle-t-elle.

Laïla lève les yeux au ciel, se retenant de les envoyer paître tous les deux. De plus en plus désagréable et imprévisible, Malory commence à lui taper royalement sur le système.

— Je suis Ange, annonce Patrick. Pas question qu'il libère Quentin sans nous en parler.

GABRIEL
24 JUILLET
13 H 04
TEMPS RESTANT AVANT LA FIN DU DÉFI :

15:56

À force de réfléchir, de traduire, Gabriel a l'impression que sa cervelle est sur le point d'exploser. Et, avec le stress et la fatigue, maintenir sous contrôle l'espèce de rage qui lui brûle le bas-ventre devient de plus en plus difficile. Pas une seconde, il n'a cru que Laïla était la victime ; le Corrupteur ne leur donnerait pas une tâche aussi facile. Sauf que voter contre elle avait semblé une vengeance justifiée. Cette sale *bitch* l'a quand même abandonné en pâture à ces dobermans de malheur.

D'ailleurs, un doute commence à lui chatouiller les tripes : et si c'était sa propre peur des chiens qui était visée par la chasse au trésor ? Le Corrupteur doit être renseigné. Il sait peut-être qu'un cabot détraqué lui a fait perdre sa jambe durant sa petite enfance. Si c'est le cas, et si ça signifie qu'il est la victime, il doit être prêt à tout.

Il a prouvé maintes fois qu'il est capable de se défendre, même avec son handicap. Déjà, à l'adolescence, il donnait des raclées aux insolents qui se moquaient de lui, et même à ceux qui le regardaient de travers. L'habitude s'est ancrée et, devenu adulte, ses réflexes l'amènent souvent à recourir aux poings plutôt qu'aux paroles. Pendant longtemps, Gabriel a sévi sans conséquences, profitant de la clémence des gens à son égard. Jusqu'au jour où il s'est colleté avec un policier habillé en civil, à la sortie d'un bar… et qu'il l'a envoyé aux urgences.

Son avocat s'est entendu avec le procureur de la Couronne et a recommandé à Gabriel de plaider coupable. La charge retenue a été revue à la baisse : voie de fait simple. Deux ans de prison et de thérapie. Un coup de chance.

Mais aujourd'hui, en attendant le bon moment pour frapper, Gabriel préfère être prudent. Laisser les autres le sous-estimer.

Tout en élaborant sa stratégie, il descend les escaliers à l'arrière du groupe. Tous ont décidé de suivre Ange et Patrick au sous-sol, histoire de voir dans quel état se trouve Quentin. Kariane, juste devant, lance un regard teinté de pitié à Gabriel, qui s'oblige à lui sourire.

— Il était temps, BORDEL ! crie Quentin à travers la paroi vitrée. Qu'est-ce qui vous a pris de me faire poireauter comme ça ?

Ange a rejoint la porte. Il s'apprête à tourner la clé – qui, apparemment, est de retour dans sa serrure, mais sans la petite bouteille décorative.

— *Non !*

Le ton autoritaire de Patrick les saisit tous. Ange s'immobilise.

— Tant qu'il est enfermé, il ne peut faire de mal à personne. Là, il ne peut rien lui arriver. Je ne vois pas l'intérêt de le laisser sortir. Il pourrait recommencer à foutre la merde, explique l'actuaire.

— Hé, prétentieux sans valeur, grogne Quentin, je t'ai sauvé la vie tout à l'heure en foutant une raclée à un chien enragé, et c'est comme ça que tu me remercies ? Et vous, putain, vous captez pas qu'il est dangereux ? Laissez-moi sortir tout de suite. Vous n'avez aucune bonne raison de me garder ici.

Gabriel se demande s'il devrait faire pencher la balance d'un côté ou de l'autre. Dans sa prison, Quentin n'est effectivement plus un risque. En revanche, Patrick, sans son rival, gagne une emprise encore plus grande sur le groupe. Parce que même si tous s'en méfient, personne n'ose réellement le contredire. Pas directement, du moins. C'est un fin manipulateur.

Laïla s'approche du verre, et envoie un doigt d'honneur au captif.

— Tu y repenseras deux fois avant d'enfermer des gens et d'essayer de les buter. Va te faire voir, Quentin.

Elle arrache la clé de la serrure, et la glisse dans son soutien-gorge.

— Maintenant, venez, tout le monde. On a un indice à trouver.

Sur ce, elle tourne les talons et se dirige vers les escaliers. Elle contourne Gabriel sans même lui adresser un regard.

Malory hausse les épaules, esquisse un sourire…

— Bon, ben, le spectacle est fini, apparemment.

… avant d'emboîter le pas à Laïla, toutes deux suivies par Patrick, Kariane et, non sans hésitation, par Gabriel. Ange, prétextant ne plus vouloir prendre part aux discussions concernant la prochaine activité, reste seul au sous-sol, avec Quentin qui continue de cracher des insultes et des menaces.

Patrick, Malory, Kariane, Laïla et Gabriel sont de retour dans la luxueuse salle à manger principale, après y avoir rapatrié les chips, ainsi que des verres d'eau. Chacun a grignoté sans grand appétit. Même Gabriel, qui a l'impression d'avoir un trou à la place de l'estomac. Ange n'a pas réapparu. Le petit groupe discute – sans parvenir à un consensus – depuis une quarantaine de minutes. L'opinion de la majorité commence cependant à pencher vers la réalisation de la deuxième épreuve. Excédée, Kariane bondit sur ses pieds :

— Le premier « jeu » a failli nous tuer, putain ! L'indice ne servira à rien si on est tous morts !

Malory se lève à son tour, visiblement sur le point de sauter à la gorge de la Française :

— Voyons, t'es sourde ou t'es juste conne ? Il me semble que ça fait assez de fois que je l'explique, putain : on a *besoin* de l'indice. Tu penses qu'il va arriver quoi, sinon, hein ? On va s'asseoir en rond et chanter Kumbaya en attendant que le Corrupteur frappe ? Allez ! Si on veut éviter une boucherie… on n'a pas le choix. *On n'a PAS le choix.*

— Je suis d'accord, annonce Laïla en levant une main.

Kariane soupire :

— C'est sûr. Toi, t'as intérêt à reporter l'attention sur quelqu'un d'autre. Vous réalisez dans quelle situation on se trouve si…

— Tu penses que tu serais meilleure que moi, hein ? la relance Laïla qui a retrouvé son air hautain. En tout cas, perso, ceux qui veulent pas d'un nouvel indice, je les trouve suspects…

Et c'est reparti… Gabriel serre et desserre les poings sous la table, pour contrôler son impatience grandissante.

— Si vous vous lancez là-dedans, vous n'aurez pas d'autre choix que de libérer Quentin. Il y a *sept* verres.

Les paroles d'Ange sont suivies d'un silence. Gabriel, qui n'avait pas remarqué son retour, se tourne pour constater qu'il est accoté à l'encadrement de la porte, les bras croisés.

— J'ai pensé à ça, reprend-il d'un ton grave, et Mal n'a pas complètement tort. Pour éviter que tout le monde panique, il faut trouver l'indice.

La chanteuse sourit, satisfaite par le soudain changement d'avis de son ex.

— Pas question qu'on libère Quentin, tranche Patrick. C'est un plan pour qu'il nous monte tous les uns contre les autres.

C'est ce que t'essaies de faire, espèce d'hypocrite...

— Alors, on se partage son verre, suggère Malory. Une gorgée chacun. Ça sera pas de la triche si le liquide est bu, comme le Corrupteur le demande.

— *Alright, I'm in*, annonce Gabriel qui – jusque-là – avait jugé préférable de demeurer hors du conflit. Mais faut *tous* qu'on le fasse. S'il y en a qui refusent, je propose qu'ils *join* Quentin... Comme ça, on va savoir où ils se cachent s'ils deviennent le victime.

Kariane lui lance un regard meurtrier, qu'il soutient. Le sourire de Malory s'agrandit :

— Yeah ! Une décision, enfin ! Donc, Ange, Gab, Laïla et moi, on est favorables. Vous faites quoi, Kariane et Patrick ? Vous allez tenir compagnie à l'autre, en bas, ou vous faites un petit effort ?

Kariane détourne la tête :

— Je vais le faire. Mais je maintiens que c'est la pire idée du siècle.

— C'est bon, concède l'actuaire. Je suis aussi. Je ne voudrais pas avoir vos morts sur la conscience...

ANGE
24 JUILLET
13 H 51
TEMPS RESTANT AVANT LA FIN DU DÉFI :
15:09

Aussitôt prise la décision d'entamer la deuxième activité, Malory se penche sur le premier verre. Elle glisse la paille dans sa bouche et, sans la moindre hésitation, aspire le liquide d'un trait. En se redressant, elle grimace :

— Ouache ! Ça a un goût horrible. Y a de l'alcool fort. Et autre chose aussi, je suis prête à parier. À toi.

Elle pointe Ange, qui sent son cœur accélérer. Il a changé d'opinion tout à l'heure par rapport au jeu : c'est le meilleur moyen, croit-il, de protéger son ex. Mais une part de lui est loin d'en être *si* convaincue. Il s'exécute quand même. Ne peut s'empêcher de tousser une fois le liquide infect avalé. Il a l'impression qu'il vient de descendre facilement trois ou quatre *shooters* d'un coup. Et la chaleur qui se répand dans sa poitrine n'a rien d'agréable.

Comme si tous étaient pressés de mettre ce moment pénible derrière eux, ils font disparaître le liquide, à tour de rôle, sans perdre une seconde.

Jusqu'au dernier instant, Ange est persuadé que Kariane va se rétracter. Pourtant, non : elle boit, elle aussi. Lorsque six verres sont vides, chacun prend une gorgée du septième, destiné à Quentin. Ange retient une grimace au moment où il doit poser ses lèvres sur la même paille que les autres.

Aussitôt que le dernier flotteur rejoint le fond de son verre, un déclic se produit dans la boîte. Et Patrick soulève le couvercle.

Il s'empresse d'attraper le papier qui trône à l'intérieur sur une pile d'enveloppes, et il lit l'inscription :

— « L'alcool est un véritable poison, autant pour le corps que pour l'esprit. Si vous avez chacun bu votre verre, vous disposez d'environ trois heures pour trouver le prochain indice… ainsi que vos antidotes. Sans coopération, votre réussite sera impossible. »

— *Fuck !* lâche Gabriel entre ses dents, une veine saillant sur sa tempe.

— Nos *antidotes* ?! s'écrie Malory. Donc…

— C'était tellement prévisible, l'interrompt Kariane. J'aurais dû m'écouter et aller rejoindre Quentin.

Patrick ferme les paupières, regrettant de toute évidence de s'être lancé dans cette nouvelle quête. Lorsqu'il les rouvre, son regard s'est durci. Il sort une montre de sa poche. *Celle de Thomas*, reconnaît Ange avec un frisson de dégoût. *Il a dû la lui prendre en allant voir le corps.*

— Étant donné qu'on en a tous bu un peu plus, je vais programmer un compte à rebours de deux heures et demie. Juste pour être sûr, ajoute-t-il en fixant la montre à son poignet.

— OK, pas le temps de paniquer, formule Laïla, les yeux pourtant écarquillés par la peur. Faut s'y mettre.

La boîte contient six enveloppes jaunes ainsi qu'un cube métallique dont chaque côté mesure une trentaine de centimètres. Les enveloppes sont posées sur la table, toujours cachetées, l'attention de tout le groupe étant plutôt accaparée par l'objet que tient l'actuaire. La surface est irrégulière, des marques de soudure sont visibles à quelques endroits ; on dirait que l'objet a été conçu au fond d'un garage, avec des morceaux de ferraille dépareillés. Les faces sont criblées de minuscules trous et d'ouvertures aux formes variées.

Cependant, certains éléments sont réguliers sur chaque côté. Entre autres, on remarque un chiffre entre un et six gravé au-dessus d'une mince fente rectangulaire d'environ deux ou trois centimètres de long. Une sorte de rabat métallique, à l'intérieur de ces fentes, en bloque l'accès. On retrouve également, sur chaque face et exactement au centre, un trou juste assez grand pour permettre d'y enfoncer un doigt d'homme.

Les côtés du cube sont attachés les uns aux autres par des petites pentures.

— C'est lourd ? demande Ange.

Patrick lui passe le cube.

— Ça pèse pas une tonne, mais c'est quand même loin d'être léger, constate Ange à voix haute.

Il tourne l'objet pour l'examiner sous divers angles. Après un moment, il retient son souffle et ose enfoncer son doigt dans un des plus gros trous. Au fond se trouve une petite surface bombée sur laquelle il appuie. Rien ne se produit.

— Essaies-en plusieurs en même temps, suggère Malory.

Voyant son hésitation, elle roule des yeux et lui arrache le cube :

— Espèce de trouillard.

L'insulte atteint Ange plus durement qu'il l'aurait cru. Mais son ex ne semble pas s'en apercevoir, trop occupée à prouver qu'elle est meilleure que lui. Aussitôt ses doigts enfoncés dans les trous des côtés trois et quatre, les rabats métalliques derrière les fentes du six et du un s'écartent ; ces ouvertures ressemblent désormais à des ports pouvant accueillir des cartes mémoire. Quelques exclamations de surprise fusent. Et le regard de la chanteuse brille de fierté.

— Six faces, six enveloppes, résume Patrick en passant une main dans son épaisse chevelure noire. Je suppose qu'on trouvera dans chaque enveloppe une carte qu'il faudra insérer au bon endroit pour résoudre le casse-tête. L'indice doit se trouver à l'intérieur de la boîte.

Gabriel se penche et appuie ses paumes sur la table :

— Je pourrais juste… donner un bon coup avec mon hache. *Problem solved.*

— Ben voyons ! proteste Laïla. Ça m'étonnerait que le Corrupteur nous laisse obtenir l'indice en trichant, comme si on n'avait pas bu l'alcool, tu sais !

Ange remarque alors le changement d'expression sur les traits de Malory, qui affichent d'abord l'étonnement, puis la panique à l'état pur.

— *Merde.* Mes doigts sont coincés ! *Putain ! PUTAIN !*

Sa voix tremble. Elle dépose le cube, tire sur ses index, qui demeurent bien enfoncés dans les orifices.

— Ça fait mal ? s'inquiète Ange, prêt à attraper la hache de Gabriel pour détruire l'objet de malheur.

Elle secoue la tête :

— Non, ça serre juste, mais c'est pas top. Trouvez un moyen de m'enlever ça, et vite.

L'actuaire a déjà déchiré une première enveloppe. Il la tourne à l'envers au-dessus de la table pour y faire tomber le contenu : une photo et une petite carte mémoire identifiée par un « A ». Rien d'autre. La photographie montre un homme âgé pendu dans un garage. Vêtu sobrement, pieds nus, il est pourvu d'une imposante tignasse blanche et sa tête est penchée vers l'avant, à l'évidence, sans vie.

— Quelqu'un le connaît ? demande l'actuaire, qui ne reçoit qu'un long silence comme réponse. Personne, vraiment ? D'accord, je vais ouvrir les autres…

L'item joint à la carte mémoire « B » est un petit flacon vide.

La « C » est accompagnée d'une feuille où est imprimée une photo en noir et blanc provenant d'une coupure de journal. On peut y voir une scène hivernale délimitée par des banderoles de scène de crime. L'image, toutefois, n'en dévoile pas davantage.

Dans l'enveloppe suivante, avec la carte « D », se trouve une recette de cocktail à base de gin, le « Jenn's secret ».

À la carte « E » est associé un carré de tissu rouge à paillettes, grand comme la paume d'une main.

Et, enfin, de la dernière enveloppe, Patrick extrait la carte « F » ainsi que la photo d'un homme d'une cinquantaine d'années. Droit, partiellement chauve, les yeux tombants, il tient dans ses mains une plaque d'identification rendue illisible. Sur le fond blanc, les lignes horizontales noires derrière lui indiquent qu'il mesure 1,83 mètre. Le cliché a de toute évidence été pris par des policiers à la suite d'une arrestation.

Pendant la découverte des items, personne n'a émis le moindre son. Ange examine chaque visage à tour de rôle. Tous se sont refermés comme des huîtres. Même Malory, dont les doigts sont toujours coincés, a une expression figée.

QUENTIN
24 JUILLET
14 H 34
TEMPS RESTANT AVANT LA FIN DU DÉFI :

14:26

Mais qu'est-ce qu'ils sont en train de foutre, en haut ? Ça fait au moins trente minutes qu'Ange l'a laissé seul dans sa prison de vitre. Probablement davantage. Quentin a eu beau tenter de le persuader de le laisser sortir, l'autre s'est obstiné à faire la sourde oreille, assis dans l'escalier. Depuis le tout début, Quentin s'acharne à protéger la majorité, mais personne ne semble s'en apercevoir. C'est ce qui le met le plus en colère. Plus, même, que d'avoir été enfermé.

— C'est *vraiment* pas juste ! laisse-t-il échapper en donnant un coup de pied sur le verre.

La vibration que renvoie la surface sonne presque comme une moquerie. Poings serrés, Quentin appuie son front contre le matériau transparent, et prend une profonde inspiration.

Réfléchis, vieux. Réfléchis un peu. C'est sûr qu'il y a un moyen de te sortir de cette merde.

L'attente s'éternise. Et plus le temps passe, plus Quentin est convaincu que lorsque le groupe reviendra, ce sera pour lui faire la peau.

Pour l'achever.

Il examine son environnement : des tablettes vides, un mur de pierres formant un demi-cercle, et un autre en verre épais. Il a déjà tenté de briser ce dernier à coups de poing, sans succès. Il lui faudrait quelque chose de plus dur. Une arme avec laquelle frapper la vitre.

Les pierres sont figées dans le mortier, impossibles à bouger. En revanche, pourrait-il arracher une tablette ? Elles sont en bois, retenues au mur par des bandes de métal peintes en noir. Les planches ou leurs fixations pourraient servir d'arme, suppose-t-il. Encouragé, il les tâte à tour de rôle à la recherche de la moindre faiblesse. Une des tablettes remue. Il l'empoigne à deux mains. La bouge de haut en bas pour la dégager un peu. Puis il bande ses muscles. Et tire.

Elle refuse de sortir. Quentin serre la mâchoire, appuie un pied sur le mur.

Et tire plus fort.

La tablette bouge d'un millimètre. *Allez, putain.*

D'un coup, les fixations lâchent. Il perd l'équilibre et atterrit sur le dos en laissant échapper la planche de bois, qui exécute un vol plané avant de percuter le mur, puis le sol.

En se relevant, sonné, Quentin remarque que la tablette s'est fendue en plusieurs endroits différents. Le bois ne devait pas être si solide, en fin de compte.

— Merde ! J'irai pas loin avec ça.

Découragé, il examine son œuvre : l'une des fixations a suivi la tablette, l'autre est toujours plantée dans le mur. Entre les deux, le mortier s'est fendu, et une longue fissure est apparue le long de la pierre adjacente. Il tâte cette pierre, qui semble moins solidement attachée au mur. Si peu de marge de manœuvre. Mais suffisamment pour lui donner de l'espoir. *Ça pourrait venir à bout de cette putain de vitre.*

Il arrache sans difficulté la fixation métallique de la tablette maintenant au sol et commence à gratter le mortier pour libérer le morceau de pierre, sa future arme.

Ça va être long, mais j'ai rien d'autre à faire, de toute manière.

KARIANE
24 JUILLET
15 H 03
TEMPS RESTANT AVANT LA FIN DU DÉFI :

13:57

L'alcool empoisonné, ingurgité pour ouvrir la fichue boîte « PUZZLE », frappe Kariane plus fort que prévu. Pendant que tous émettent une théorie après l'autre sur le meilleur moyen de résoudre l'énigme du cube, les nausées et les étourdissements l'empêchent de se concentrer. Des six enveloppes, deux la visent directement. Ayant déjà peaufiné l'art de camoufler ses émotions, Kariane ne s'est pas encore trahie. Elle n'en sent pas moins la sueur couler entre ses seins et dans son dos. Elle paierait *très cher* pour avoir accès à un téléphone. *Impossible que mon père soit en prison. Je le saurais. Bon Dieu, quelqu'un m'aurait avertie.*

Pourtant, elle doute. Elle a coupé les ponts. Et ses deux frères ne lui adressent plus la parole depuis un bout de temps. Depuis qu'elle a refusé d'assister aux funérailles de leur mère, un an plus tôt, en fait.

C'était trop dangereux d'y aller, se justifie-t-elle. *Papa ne m'aurait pas laissée repartir. Il m'aurait entraînée dans un autre de ses plans. Encore.*

Et le contenu des quatre enveloppes restantes se réfère-t-il au passé de quelqu'un d'autre ? Patrick a posé la question plusieurs fois. Personne n'a osé se compromettre. Et Kariane n'a pas l'intention d'être la première.

Sauf que le temps file… Et Malory, installée sur une chaise, le regard vague, a toujours les deux index prisonniers du cube métallique.

Laïla tape dans ses mains pour attirer l'attention :

— Donc, c'est soit dans l'ordre de gravité, soit dans l'ordre chronologique. Sinon, ça peut être lié aux chiffres, ou bien… on est complètement perdu. Je pense qu'on a fait le tour de la question, hein ? C'est toi qui as les doigts coincés, Mal, tu votes pour quoi ?

La chanteuse soupire, puis laisse tomber sa tête vers l'arrière pour regarder le plafond :

— Putain que ça tourne. Je suis la seule à me sentir aussi mal ?

Personne ne répond. Patrick ouvre la bouche, mais Malory le prend de vitesse :

— Vous êtes une bande d'hypocrites, et je vous emmerde profond. Faut qu'on arrête de se comporter comme des imbéciles et qu'on fasse ce que le Corrupteur a écrit. *Collaborer*. Moi, je sais qu'il y a une de ces enveloppes qui me vise, et je suis prête à parier que chacun de nous doit mettre ses doigts dans la machine et insérer la carte qui lui correspond. Ange, attrape la « B », et enfonce-la dans la face numéro un. OK ?

Celle qui était accompagnée du flacon, se souvient Kariane.

L'interpellé écarquille les yeux, mais demeure immobile :

— Mal ? Ç-ça veut dire quoi, ça ? Qu'est-ce qu…

— T'as pas besoin de le savoir. Ça te concerne pas. Fais juste ce que je…

— Et si tu te trompes ?

— Je ne me trompe pas. Allez, fais ce que je te dis ! J'ai hâte de retrouver le contrôle de mes mains.

Sans plus oser regarder son ex, Ange étire ses doigts tremblants jusqu'à la carte « B », qu'il saisit. Kariane retient son souffle en le voyant s'approcher du cube et, après une hésitation, y insérer le minuscule objet.

L'effet est immédiat : Malory bondit sur ses pieds et hurle à pleins poumons, l'air de souffrir le martyre. Elle agite ses bras avec vigueur, perturbant ainsi Ange, qui s'efforce de retirer la carte mémoire. Lorsqu'il y parvient, le cube libère les doigts de la chanteuse, qui court se recroqueviller dans un coin de la pièce, en pleurant à chaudes larmes.

Son ex accourt à ses côtés, et l'attrape par les poignets pour examiner les dégâts.

— Ça l'a brûlée ! Cette cochonnerie l'a *brûlée* ! Viens, Mal, faut mettre de l'eau froide et des pansements.

La chanteuse, ébranlée, s'appuie sur Ange, et se laisse guider hors de la pièce sans arrêter de pleurer. La peau de ses index est rouge et boursouflée, arrachée en plusieurs endroits, noircie ailleurs. Et une désagréable odeur de chair grillée flotte dans l'air.

Retour à la case départ.

Les cris et les lamentations de Malory ont déconcentré le groupe pendant un long moment, empêchant toute conversation productive. Chacun a spéculé sur la signification des différents items, avant que fusent les premières accusations de rétention d'informations. La tension n'a cessé de croître. Des insultes de plus en plus coriaces volent après chaque quart d'heure.

Une douleur sournoise en a profité pour apparaître dans la poitrine de Kariane, qui a l'impression qu'un poignard s'enfonce plus profondément dans ses poumons à chaque inspiration. Et elle tousse de plus en plus, ce qui n'améliore en rien sa situation. Les autres semblent atteints du même mal, mais dans une moindre mesure. Sauf Laïla, dont l'état ressemble au sien.

Kariane est sur le point d'admettre sa connexion avec deux des enveloppes quand Patrick baisse les yeux sur la montre à son poignet :

— Il est trois heures quarante, ce qui fait qu'il nous reste à peine quarante-cinq minutes pour trouver la solution. Faut qu'on arrête de se mentir et d'écouter Kariane se plaindre d'avoir bu l'alcool.

Insultée, Kariane sent ses joues rougir, à la fois de colère et de honte. L'actuaire poursuit avant qu'elle puisse répliquer :

— Moi, c'est la « D ». La recette de cocktail. Jennifer est une barmaid, une fille sympa et plutôt pas mal. Elle est mariée, mais j'ai couché quand même avec elle quelquefois. Quand son mec l'a appris, il est venu me casser la gueule. Ça a mal tourné ; je me suis retrouvé à l'hôpital.

Il déboutonne sa chemise pour exhiber une longue cicatrice sur son flanc.

Au même moment, Ange et Malory réapparaissent dans la salle à manger. La chanteuse a les yeux rougis et le visage crispé et bouffi, mais elle semble avoir retrouvé une certaine maîtrise d'elle-même. Ange a bandé ses doigts de lanières de tissu humides. *Ça doit faire un mal de chien.*

Kariane inspire profondément, malgré la douleur occasionnée, pour se donner le courage d'imiter l'actuaire :

— Bon… je vais me lancer aussi. À Paris, ma famille et moi, on allait voir des vieillards isolés, et on s'arrangeait pour les convaincre d'investir leurs économies dans nos « placements ». Mon père avait tout un système en place. Moi, je… je faisais juste… ce qu'on me disait… Putain, arrêtez de me regarder comme ça. Pourquoi vous pensez que j'ai déménagé au Québec ?

Une boule se forme dans la gorge de Kariane, l'empêchant de poursuivre son histoire. Tous continuent de la dévisager, suspendus à ses lèvres. Résignée, elle s'apprête à recommencer quand une puissante quinte de toux s'empare d'elle. Pendant ce qui lui paraît être une éternité, Kariane s'étouffe. Suffoque. Un puissant goût ferreux lui monte aux lèvres. Et, lorsqu'elle retrouve enfin la capacité de respirer, un amas de glaire rouge macule sa paume.

Manquait plus que ça.

Elle se lève pour aller se laver les mains à la salle de bains. À son retour, elle n'a d'autre choix que de terminer son récit :

— Albert. C-c'était le nom du vieux sur la photo « A ». Quand... il a compris qu'il ne reverrait jamais la couleur de son fric, il... il m'a envoyé un courriel pour me p-parler de... de sa nièce trisomique. L'argent placé devait servir à la faire vivre après sa mort à lui. Pour qu'elle atterrisse pas dans une institution merdique. J'ai jamais eu le cœur autant brisé. Et quand je suis allée le voir pour... je sais même pas pourquoi... je l'ai trouvé comme ça. Pendu. Dans son garage. C'est là que j'ai déménagé au Québec.

— *I killed my father at fifteen. He was a sick bastard who used to get drunk and beat up my mom. I had to defend her. And his fucking dog took my leg. Card « C ». That's all I'll say. So don't ask any fucking question.*

La déclaration de Gabriel, lancée sans avertissement, est accueillie dans un malaise général. Kariane frissonne. *Ce mec-là est un meurtrier ?* Elle traduit mentalement ses paroles : « J'ai tué mon père à 15 ans. C'était un dérangé qui buvait et battait ma mère. Et son putain de chien m'a pris ma jambe. » Dire qu'elle avait pitié de lui...

— J'imagine que c'est mon tour, annonce Laïla. Le tissu, dans l'enveloppe « E », il ressemble à celui de la robe préférée de Catherine. C'était... mon amie. Elle la portait le jour où elle a été massacrée à ma place par les dobermans de mon ancien *boss*. Il pensait que c'était *elle*, la délatrice. Moi, tout ce que je voulais, c'était... me sortir vivante de ce putain de merdier.

— Seigneur ! lance Ange sans toutefois quitter Malory. Je suis entouré par une bande de dérangés. J'ai tellement rien à faire ici.

— C'est... c'est pas t-toi, le dernier ? demande Laïla en toussant. Alors, r-reste Q-Quentin ?

— Non, c'est pas Ange. Et puis, on est chanceux que ce soit pas l'autre crétin, en bas. C'est moi. Encore.

Tous les regards se fixent à nouveau sur Kariane, qui explique à contrecœur :

— Sur la scène d'arrestation, c'est mon père qu'on voit. Mais j'en sais pas plus... parce que j'ai pas parlé à ma famille depuis la mort de ma mère, il y a un an.

Laïla, dont la respiration est de plus en plus laborieuse, fait claquer sa langue :

— *Wow.* C'est vrai qu'on est une sacrée bande de dégonflés... Et maintenant, on fait quoi avec tout ça ?

— On trouve l'ordre des événements, annonce froidement Patrick, et on se remet les doigts dans la gueule du loup. Mais d'abord... Malory, toi, c'est quoi, ton histoire ?

— Va chier.

Ange se tourne vers son ex :

— Voyons, Mal. Tout le monde a parlé. Ça peut vraiment pas être pire que...

— Tu vas me haïr si tu le sais, grimace-t-elle à travers la douleur causée par sa chair brûlée.

— Quoi ?! Allez ! Comment ça peut être pire que toi qui couches avec Zeff sous mon nez ?

Elle secoue la tête, et explose :

— Ah, et puis merde ! Au point où j'en suis... J'ai *un peu* empoisonné le gars qui devait avoir ton rôle au spectacle de danse de ce soir. Juste assez pour qu'il soit malade cette semaine et puis que...

Ange s'éloigne de la chanteuse. Il se cogne contre le mur, mais ne semble pas s'en apercevoir. Son visage est défiguré par un mélange de mépris et de dégoût :

— *QUOI* ?! Putain, Mal ! Des plans pour que j'aille en prison ! Qu'est-ce qui t'est passé par la tête ? T'es folle ?

— Ben non, je me suis arrangée pour... Ah, et puis, va te faire foutre ! T'étais en train de retomber dans la déprime. Je sais que tu buvais en cachette. T'étais une bombe à retardement. *Oui*, j'ai pris les choses en main. Parce que, *toi*, t'es jamais prêt à faire ce qu'il faut pour accomplir tes rêves. C'était mon cadeau d'adieu. J'allais lancer nos deux carrières, mais dans le fond, tu mérites pas le succès.

Elle s'interrompt, reprend son souffle, puis fixe son regard sur Patrick :

— Compte pas sur moi pour sacrifier d'autres doigts dans votre putain de cube de merde.

GABRIEL
24 JUILLET
16 H 13
TEMPS RESTANT AVANT LA FIN DU DÉFI :

12:47

La poitrine de Gabriel est traversée par une douleur insupportable. Comme Kariane plus tôt, puis Laïla ensuite, lui aussi a commencé à tousser et à cracher du sang. Les deux femmes, d'ailleurs, ont de plus en plus de mal à respirer. Kariane est affalée sur sa chaise et bouge à peine. Laïla a vomi à deux reprises dans une poubelle.

Depuis les aveux de Malory, Ange se tient à l'autre extrémité de la pièce et n'adresse plus le moindre regard à son ex. Il est demeuré silencieux, sauf pour répondre aux questions de Patrick et Gabriel, qui se sont évertués à remettre les événements dans l'ordre chronologique.

En espérant que ce soit bel et bien ce que le Corrupteur attend d'eux.

D'abord, le meurtre du père de Gabriel, puis l'attentat sur la vie de l'actuaire. Ensuite, la mort de l'amie de Laïla, le suicide lié à la Française, l'emprisonnement du père de Kariane – qui a dû survenir dans la dernière année –, et enfin, l'empoisonnement par Malory, quelques jours plus tôt.

— C'est la meilleure hypothèse qu'on peut faire avec les infos qu'on a, annonce Patrick. On ne peut plus attendre, il faut essayer.

Gabriel se remet à peine d'une nouvelle quinte de toux. Il serre et desserre les poings, ne sachant plus si sa colère doit être dirigée contre l'actuaire ou le Corrupteur. Pour l'instant, il veut survivre, il doit se calmer.

— *I agree*, concède-t-il en expulsant l'air de ses poumons. *So*, c'est toi qui mets tes doigts, *right* ?

— Pourquoi pas chacun un ? Comme ça, si on se trompe… on aura encore une main en bon état. T'en dis quoi ?

— *Fine. Seems fair.*

Patrick introduit l'index de sa main gauche dans l'orifice de la face numéro trois. Gabriel l'imite, sur la face opposée. Son doigt se retrouve prisonnier. Les fentes un et six s'ouvrent.

— Ange, viens mettre la carte « C » dans le un, ordonne l'actuaire.

Ange se met en mouvement. Son regard est éteint, et ses doigts tremblent lorsqu'il s'empare de la petite carte mémoire. Mais Gabriel ne saurait dire si ce symptôme est causé par le poison, le stress ou l'épuisement. *Sûrement un mélange des trois*, suppose-t-il.

Au moment où la carte est insérée, Gabriel se crispe, craignant le pire. Mais un léger claquement indique que la fente s'est refermée. Et son doigt est aussitôt libéré. Il ne peut retenir un petit cri, mélange de victoire et de soulagement.

— Le cube a avalé la carte, l'informe Ange. Dès que je l'ai mise, ça a tiré d'un coup…

— Tant mieux, dit Patrick. Mais là, c'est loin d'être fini. On met nos doigts du côté un et six. Si j'ai bien compris, ça devrait ouvrir les fentes du deux et du cinq.

— *Why* ? Pourquoi deux et cinq ? Ça pourrait ouvrir trois et quatre.

— Si ça ouvrait trois et quatre, ça perturberait le schéma. Il faudrait alors entrer ses doigts dans le deux et le cinq pour ouvrir le deux et le cinq. Ça ne fonctionne pas comme ça. Les trappes ne s'ouvrent pas sur les faces où on met nos doigts.

— On a juste essayé une combinaison. *There is no pattern.*

— Mets ton doigt.

— *Fuck you ! Someone else should…* Et pourquoi est-ce qu'on mettrait pas un *stick* là-dedans ?

— Le Corrupteur a dit « pas de triche ».

— *Nobody* a dit qu'il fallait mettre un doigt.

— Écoute, le DJ. Il y a clairement un thermomètre électronique là-dedans. La machine est faite pour brûler des doigts, pas des couteaux à beurre. Penses-tu que le Corrupteur se ferait berner comme ça ? Dépêche-toi, on perd du temps.

Un coup d'œil incendiaire oblige Gabriel à se rallier au raisonnement de l'actuaire. En plus, les trois filles sont déjà mal en point. Kariane et Laïla sont blêmes à l'extrême. Elles paraissent toutes deux avoir déjà un pied dans la tombe. Et Malory souffre assez comme ça. Ange pourrait contribuer, mais sans comprendre pourquoi, Gabriel n'a même pas envie de le lui demander.

Il se retrouve donc une nouvelle fois avec le doigt coincé.

Puis, à la demande de Patrick, Ange insère la carte « D » dans la fente de la deuxième face. Et, à nouveau, le procédé fonctionne. En essuyant la sueur sur son front, Gabriel réalise à quel point son cœur bat en accéléré.

— Donc, Laïla, ton amie est morte depuis deux ans et demi, résume l'actuaire. Kariane, toi, ça fait bien deux ans que le suicide a eu lieu. C'est ça ? C'est plus serré, là, et j'ai vraiment pas envie qu'on se trompe.

Aucune des deux filles ne répond.

— Kariane ?! insiste Patrick.

Elle parvient à peine à bouger la tête.

— Non, répond-elle faiblement. Ça fait deux ans que je suis au Québec. Le suicide… avant ça. Je sais plus.

— Bordel. Et toi, Laïla ?

Mais il ne reçoit pour seule réponse qu'un gémissement.

Gabriel examine le cube. Les trous à sa surface. *Qu'est-ce qui risque d'en sortir, hein ? Des aiguilles ? Du feu ? De l'acide ? Est-ce qu'une lame va me trancher le doigt ?* Les brûlures qu'a subies Malory sont peut-être juste un apéritif. Il doit se retenir pour ne pas s'enfuir en courant.

Patrick le dévisage :

— Pas le choix, vieux. Si on ne risque pas nos doigts, on va mourir. Tu as une préférence, pour l'ordre ?

— *Fuck*… Le premier idée, c'est souvent le meilleur, s'oblige-t-il à dire.

— OK. Alors, on commence par la carte de Laïla. La « E ». Ange, tu es prêt ?

Une fois leurs doigts coincés dans les trous des faces deux et cinq, Ange obtempère. Pendant deux secondes, rien ne se produit, faisant craindre le pire à Gabriel. Puis, son doigt est libéré ; il peut recommencer à respirer. La carte suivante se déroule aussi bien. Ne reste que les deux dernières, moins risquées – l'empoisonnement de Malory vient tout juste d'avoir lieu, après tout.

— Tu es prêt ? demande Patrick une fois leurs index en place. Tu peux y aller avec la « F », Ange.

Ange insère la carte. Gabriel s'apprête à tirer sur son doigt quand un déclic se fait entendre. Et une demi-douzaine de pics recourbés jaillissent du cube pour se planter dans sa main. Il s'entend hurler, et a vaguement conscience du cri de l'actuaire. Gabriel tente d'extraire son doigt, mais Patrick a le même réflexe : le cube se déplace, causant un regain de douleur.

Pendant ce temps, Ange s'évertue à retirer la carte mémoire sans se faire lui-même empaler les doigts.

— Arrêtez de bouger, merde !

— *DO FUCKING SOMETHING ! HURRY !*

Quand les pics se rétractent enfin, et que Gabriel reprend le contrôle de sa main, il constate les dommages. Des multiples trous et lacérations sur sa peau s'échappent autant de filets de sang. Il a l'impression d'avoir la chair en feu. Il serre son membre blessé contre sa poitrine, maudissant les larmes qui lui montent aux yeux.

Mais il a à peine le temps de reprendre ses esprits que l'actuaire le relance :

— Il reste juste quelques minutes avant la fin de mon minuteur. On devrait finir ça au plus vite. Je suis pas sûr qu'un antidote pourra nous sauver si on devient mal en point comme elles, termine-t-il en pointant Laïla et Kariane du menton.

Gabriel grogne une insulte entre ses lèvres, mais replace son doigt dans l'orifice, regardant le sang s'écouler sur la table. Patrick demande à Ange d'insérer la nouvelle carte. Visiblement secoué, celui-ci hésite, prolongeant inutilement leur torture psychologique.

— *Just fucking do it !* rage Gabriel. *GO !*

Bien que paraissant sur le point de craquer, Ange s'exécute. Un nouveau déclic se produit. Le DJ s'entend gémir, prêt à subir une torture supplémentaire. Pourtant, son doigt se retrouve libre. Un mélange de surprise et de soulagement envahit Gabriel. Il essuie la sueur qui lui brûlait les yeux quand l'actuaire se laisse tomber sur sa chaise :

— On l'a eu, mec. On a réussi le casse-tête. Reste juste à…

Mais avant qu'il termine sa phrase, les pentures du cube bougent, certaines se détachent. La sixième carte, devenue superflue, n'aura donc pas besoin d'être insérée.

Au cœur du mécanisme apparaissent une photo plastifiée, un pénis en silicone et sept fioles scellées. Malory, qui s'était approchée sans que Gabriel s'en aperçoive, en attrape une, défait la cire à l'aide de ses dents et verse le liquide dans sa bouche. Patrick, Gabriel et Ange reproduisent son geste. Puis, tandis qu'Ange aide Laïla à boire, et que Gabriel se dirige vers Kariane avec l'avant-dernier flacon, Malory utilise ses doigts intacts pour s'emparer de la photo :

— Merde… c'est vraiment ce que je crois ?!

KARIANE
24 JUILLET
16 H 31
TEMPS RESTANT AVANT LA FIN DU DÉFI :

12:29

Quelqu'un agrippe la tête de Kariane et la penche vers l'arrière. Elle ouvre les paupières, plonge son regard dans celui, bleu perçant, de Gabriel. Elle fronce les sourcils, prend une douloureuse inspiration.

Si faible. Je suis si faible.

Elle referme les yeux, sent des doigts qui appuient sur ses joues, forçant sa bouche à s'ouvrir. Un liquide infect coule sur sa langue. Déglutir lui paraît demander un effort monumental, mais elle y parvient.

Les conversations sont étouffées, distantes. La colère de Malory atteint toutefois ses oreilles :

— Putain. Je vais aller lui dire ce que je pense, moi, des gros crétins qui…

— *Non*, tranche Patrick. Avant de faire quoi que ce soit de précipité, on va prendre un moment pour se remettre. Gab et moi, faut qu'on s'occupe de nos mains. On devrait aussi laisser un moment à Laïla et Kariane, voir si elles vont se remettre du poison. On a le temps.

On a réussi, vraiment ? Bon Dieu, c'est l'antidote que Gabriel m'a donné ?

— Et puis, moi, je vote pour qu'on se réinstalle sur la table octogonale, propose Ange. La salle à manger commence à me…

Les mots s'embrouillent tandis que Kariane, épuisée, se laisse sombrer dans l'inconscience.

— *Yes*, Kariane aussi respire mieux. *And her pulse seems stronger than before.*

La voix de Gabriel près de son oreille force le retour de Kariane dans la réalité. Elle se sent effectivement en meilleure forme. La douleur dans sa poitrine a diminué. Elle parvient à ouvrir les yeux, à bouger la tête, et même à prendre une véritable inspiration. Gabriel est penché à côté de sa chaise :

— *Can you stand ?* Ça fait presque une heure que tu dors… On veut se regrouper dans le *kitchen*. Laïla est déjà là. Manque que toi.

— Je… je vais essayer, souffle Kariane.

Gabriel l'aide à se lever. En dépit de son handicap, il supporte une partie de son poids tandis qu'elle se déplace pour rejoindre les autres. Les premiers pas de Kariane sont chancelants, mais elle gagne peu à peu en stabilité. Elle a toujours eu une excellente forme physique, et elle espère que son corps se remettra vite de ce très pénible épisode.

Il le faut, sinon je ne vaux guère plus qu'un cadavre.

Ce n'est que lorsque Gabriel l'aide à s'asseoir autour de la table octogonale qu'elle remarque le bandage sur sa main gauche :

— Qu'est-ce qui s'est passé ?

Même sa voix a déjà gagné en assurance.

— On s'était trompé pour les deux… *last events*, explique le DJ. Le arrestation de ton père a eu lieu *après* l'empoisonnement.

— Après ? Ça… ça veut dire que ça vient *tout juste* de se passer…

— … ou que ça a pas encore eu lieu, termine Patrick, déjà installé sur sa chaise. On a bien examiné la photo pendant que tu étais inconsciente, et… c'est peut-être un montage.

Une boule se forme dans l'estomac de Kariane, aucunement liée au poison cette fois. Elle touche le granit froid, et serre les dents en s'obligeant à réintégrer la réalité.

Elle doit trouver le moyen de prévenir son père.

PATRICK
24 JUILLET
17 H 31
TEMPS RESTANT AVANT LA FIN DU DÉFI :

11:29

L'ensemble du groupe – excepté Quentin – s'est installé autour de la table octogonale, Patrick a résumé à Laïla et à Kariane la fin du « Puzzle ». Les deux femmes paraissent toujours faibles, surtout Laïla. Mais comme il ne s'attendait pas à ce qu'elles survivent, leur état relève presque du miracle.

Elles examinent à tour de rôle le pénis en silicone, ainsi que la photo. Sur celle-ci, on peut voir Quentin, seul, dans le salon du manoir. Deux verres à demi remplis sont sur le bar devant lui, posés à côté d'une bouteille. Et il tient une minuscule pipette dans une main, à l'envers, au-dessus de l'un des deux verres.

Kariane détache son regard de la photographie et annonce, comme si c'était la requête la plus naturelle du monde :

— J'aimerais ravoir mon marteau. Je me sentirais plus en sécurité, ajoute-t-elle, comme pour se justifier.

Elle fait mine de se lever, mais Gabriel l'arrête d'un geste :

— Reste assise. *I'll go get it.* Il est resté à le piscine.

Patrick ne peut s'empêcher de hausser les sourcils, amusé. *Est-ce que le DJ commence à avoir un faible pour la Française, par hasard ?*

Pendant que Gabriel s'éloigne, emportant sa hache avec lui, Patrick palpe pour la énième fois le couteau dans la poche de son pantalon. Rassuré par sa présence, il fait l'inventaire des armes du groupe : Kariane aura son marteau, le DJ ne se départit plus de sa hache, et Malory et Ange de leurs couteaux. Patrick, en plus de son couteau, a toujours le chronomètre avec le bouton d'urgence autour du cou. Il ne l'utilisera qu'en dernier recours, bien sûr, mais l'objet pourrait quand même s'avérer utile si le vent tournait contre lui. Seule Laïla a les mains vides, donc.

Elle semble d'ailleurs trop faible pour s'en formaliser.

Au bout de quelques minutes, on peut entendre le pas inégal de Gabriel qui revient dans leur direction. Il pose l'outil dégoulinant devant la Française :

— Tiens, je l'ai lavé comme j'ai pu *in the pool.*

— *Thank you*, répond-elle dans la langue maternelle de son interlocuteur.

Le temps que le DJ reprenne sa place, Laïla s'est redressée sur sa chaise. Sa voix manque encore de tonus lorsqu'elle s'exprime :

— On est tous d'accord sur le fait que cette espèce de gorille misogyne est en train de mettre de la drogue dans un verre, hein ?

Kariane, dont les deux mains sont à présent refermées sur le manche de son marteau, annonce :

— Je pense même savoir *quand* ça s'est produit.

Tous la dévisagent en attendant qu'elle poursuive :

— Dans la cuisine, hier, après le départ des policiers, il y avait Mal, Patrick et Gabriel. Zeff aussi. Quentin s'est pointé avec deux verres, pareils à ceux-là. Il m'en a offert un, avant qu'on perde tous connaissance. Il était plutôt chaud, dans tous les sens du terme… Et j'avais déjà repoussé ses avances une fois… En me réveillant nue avec lui, je l'ai accusé de m'avoir droguée, et il a nié. Mais j'imagine que j'avais vu juste…

Patrick se gratte la tête :

— Je me souviens. Ça se peut, oui. Mais, bordel… faut être super dérangé.

— Est-ce qu'il y a quelqu'un qui est *vraiment* surpris ? souffle Laïla.

Personne ne répond. Ce qui, en soi, est une réponse suffisante. Ange, effacé depuis qu'il a appris les récents méfaits de son ex, secoue la tête et soupire :

— Donc, si on résume : on a une photo de Laïla qui embrasse Zeff et une autre de Quentin qui drogue Kariane.

Et puis, on a un… jouet sexuel ? Qu'est-ce que ça nous dit sur la victime du Corrupteur ? Ce serait bien qu'on règle ça au plus vite.

— Que c'est un pervers ? tente Malory sans lui adresser le moindre regard.

— Et *qui* correspond à ce critère ?

La chanteuse hausse les sourcils :

— À part Quentin, tu veux dire ?

— *Wait !* s'exclame Gabriel. *Has anyone noticed ?* Dans la main de Laïla. On dirait… euh… un… sachet de drogue ?

La photo du baiser de Laïla et de Zeff passe de main en main. Lorsque le tour de Patrick arrive, il l'examine un instant avant de conclure :

— C'est clairement ça. Laïla, t'en dis quoi ?

Il montre la photo à sa voisine, jusque-là restée muette.

— Ouais, c'est ça. Et après ? Zeff me donnait de la coke pour me remercier pour, euh… Enfin, on a tous compris ce qui passait entre lui et moi. J'ai jeté le sachet dans la forêt, tout à l'heure, parce que je savais que ça allait foutre la merde si vous le trouviez.

Malory émet un rire sarcastique :

— Que ça allait *foutre* la merde, ou *te mettre* dans la merde ? Parce que si on y réfléchit bien… la chasse au trésor était liée à de la drogue, même si c'était pas la même. Pareil pour la photo de Quentin. Le lien, c'est peut-être ça.

— En tout cas, le pénis, il est pas à moi, se défend Laïla en haussant le ton malgré le léger tremblement de sa voix. Si c'est le tien, Mal, tu vas le dire ? Et toi, Kariane ? Parce que forcément, quelqu'un ici l'a déjà vu. Sauf que personne n'a ouvert la bouche. Je me demande bien pourquoi ! Ah oui ! Parce qu'on est tous pas *si* cons que ça, quand même.

Un frisson parcourt la pièce. Patrick s'abstient de tout commentaire, préférant jouer de prudence. Il commence à en avoir sérieusement marre d'être entouré de ces idiots. Dans l'objectif d'être seul un moment, il sort la première excuse qui lui passe par la tête :

— D'accord. Pendant que vous débattez, moi, je vais me chercher un verre. Il doit bien rester une once de quelque chose *non empoisonné* au bar.

LAÏLA
24 JUILLET
17 H 49
TEMPS RESTANT AVANT LA FIN DU DÉFI :

11:11

Laïla respire mieux, mais son corps manque cruellement de forces. Et le peu d'énergie encore à sa disposition, elle l'utilise pour sembler en meilleure forme qu'elle l'est. Parce qu'à la moindre démonstration de faiblesse, les autres ne se gêneront plus pour l'achever. Or, maintenant que Quentin apparaît sur un indice, les soupçons sont divisés. Ça devrait lui donner une chance…

— Je serais surpris que la solution soit… *that obvious*, avance Gabriel en tapant du pied. C'est possible que le victime apparaisse même pas sur une…

Un bruit sourd l'interrompt, atténué par la distance. Tous se figent, l'oreille aux aguets. Quentin qui frappe sur le verre ? *Ça faisait longtemps qu'on l'avait pas entendu*, constate Laïla. Le bruit se répète à plusieurs reprises, s'amplifie et devient plus sec. Jusqu'à s'arrêter. Il faut encore quelques secondes avant que l'actuaire surgisse du salon :

— C'était pas normal, ça. Je crois qu'il a réussi à briser la vitre.

Un frisson parcourt la pièce. Puis Gabriel attrape sa hache, Patrick sort son couteau et, avec Malory et Ange, ils se précipitent en direction de l'escalier de service.

Laïla se retrouve seule avec Kariane et les indices fournis par le Corrupteur, abandonnés sur la table.

Soudain, le regard que la Française lui porte s'alourdit. Les mains crispées sur son marteau, elle a l'allure d'une lionne sur le point de bondir sur sa proie.

C'est peut-être toi, la victime, paraît-elle penser. *Je pourrais terminer ça, là, maintenant.*

Laïla réalise, horrifiée, qu'elle n'a pas d'arme à sa portée. Elle n'a pour seule défense que ses poings, ses dents et un profond désir de vivre. Elle sollicite le peu de forces dont elle dispose.

Je suis prête, connasse.

— Il est parti par là ! crie une voix en provenance du sous-sol.

D'un coup, la tension se dissipe.

Kariane rompt le contact et bondit de sa chaise.

— Putain, c'est de la folie, laisse-t-elle tomber avant de s'éloigner en direction des escaliers de service.

Le soulagement de Laïla est bref ; aux dernières nouvelles, Quentin voulait encore la tuer. Ainsi, lorsqu'elle entend quelqu'un s'approcher au pas de course, elle panique. Se précipite derrière l'îlot. S'accroupit.

Les autres sont descendus par les escaliers de service, plus près du cellier… mais il est probable que Quentin soit remonté par ceux situés à l'autre extrémité du manoir, dans le hall.

Lorsque le nouvel arrivant pénètre dans la deuxième salle à manger, à peine quelques secondes plus tard, Laïla retient son souffle. La réminiscence du moment où Quentin est entré dans le cellier pour l'achever la percute de plein fouet, accompagnée de la peur indescriptible qu'elle avait ressentie à ce moment-là. Elle devrait prévenir les autres. Mais elle est incapable de bouger. De faire autre chose que demeurer aussi immobile que possible dans l'espoir qu'il ne la remarque pas.

Les pas s'approchent de la table, s'immobilisent. Quentin doit voir le pénis artificiel et la photo de lui, puisqu'il murmure un juron, quasi inaudible.

Pendant ce temps, le reste du groupe remonte par les escaliers principaux, à l'autre bout de la maison. *Ils vont le manquer !* Laïla ouvre la bouche. Elle veut crier. Hurler. Dénoncer la présence de Quentin. Mais elle en est incapable. C'est presque comme si on venait de lui arracher les cordes vocales.

D'un pas discret, Quentin contourne l'îlot. *Il s'en va dans le garage !* Le cœur de Laïla bat tellement fort qu'elle se demande comment il fait pour ne pas l'entendre. En même temps, les autres traversent le salon et sortent dans la cour arrière, passant complètement à côté de leur cible.

Quentin est parti. Laïla est seule. Bien vivante.

Mais elle a laissé filer ce crétin.

MALORY
24 JUILLET
17 H 54
TEMPS RESTANT AVANT LA FIN DU DÉFI :
11:06

— On s'est plantés, s'entend rager Malory. Il est pas sorti par le salon. Et maintenant, il peut être n'importe où. Espèce de salaud.

Ils sont arrêtés à la lisière des arbres. La forêt est immobile et silencieuse, comme si elle retenait son souffle. Malory serre les dents sur un grognement de douleur. Ses index brûlés la font souffrir comme jamais dans son existence. Elle a l'impression d'avoir une masse de chair pulsante et encombrante au bout de chaque main. Hors de question qu'elle laisse transparaître la moindre vulnérabilité, toutefois. Elle aura tout le temps de s'apitoyer sur son sort… demain.

À l'arrière du groupe, Gabriel exécute un tour sur lui-même et demande :

— *Where is* Laïla ? Est-ce qu'elle est restée dans la *kitchen, all alone* ?

— Oui, répond Kariane, une expression tendue sur le visage. Elle était encore là quand… quand je suis partie.

— Je vais aller la rejoindre, dit Patrick. Et après, je vais fouiller la maison pour trouver Quentin. Vous, cherchez dehors, au cas où il essaierait de se cacher dans la forêt. Mais si vous le voyez, soyez prudents, OK ? Il pourrait être dangereux.

Tout en parlant, il commence à s'éloigner en direction du manoir. Malory l'attrape par le bras.

— C'est pas la pire idée au monde, ça, se séparer ? Ensemble, on est plus…

— Si c'est lui, la victime, et si on ne lui met pas la main dessus, on va *vraiment* être dans la merde. Et puis, dehors, vous avez plus de terrain à couvrir.

Il dégage son bras et part comme une flèche, laissant pantois Kariane, Gabriel, Ange et Malory. Ange lance un regard méprisant à Malory qui, de son côté, retient une envie de l'insulter. *Comment j'ai pu me croire amoureuse de ce bon à rien ? Il n'est même pas capable d'être reconnaissant pour ce que j'ai fait pour lui ! Qu'il retourne faire les rues dans Saint-Roch. J'en ai strictement rien à foutre.*

Mais plutôt que de laisser paraître ses pensées, elle esquisse un sourire dans sa direction.

Parce qu'elle a encore besoin d'alliés. Le moment d'immobilité se prolonge pendant quelques secondes, avant d'être brisé par Kariane :

— Je vais aller avec Patrick et Laïla.

Elle tourne les talons et disparaît à son tour.

Ange se penche pour passer sous un tronc effondré, puis s'étire le dos, avant de pivoter vers Gabriel et Malory :

— Quentin s'est trouvé une bonne cachette : on le retrouvera pas. Et quand le temps va être écoulé, on va finir comme Zeff et Thomas.

Gabriel s'appuie sur sa hache. Un feu brûle au fond de son regard.

— Ça veut pas dire que c'est Quentin, le victime. C'est juste ce que Patrick veut que vous croyez. Ce gars... c'est un manipulateur. *He's... dangerous. Can't you see ?* Il s'arrange toujours pour avoir raison. On voit jamais ses vraies émotions. *Nothing is...* Rien est vrai chez lui. *Never*. Quentin, au moins, il est... *transparent*.

Il soupire, hésite un moment, puis reprend :

— *How about we...* on pourrait s'occuper des choses nous-mêmes, non ? En faisant équipe, on pourrait surprendre Patrick *and*...

Le visage d'Ange se décompose :

— *Non, mec !* On n'est pas des sauvages !

Malory est épuisée. Affamée. Faible. Souffrante. Les empoisonnements, les endormissements forcés, le stress, les blessures… Cette journée semble interminable. Et sa patience envers son ex est épuisée :

— On n'aura pas le choix de bouger si on veut pas crever. Et puis, si on s'allie, ça augmente nos chances de vivre.

— Mais si c'est pas assez, hein, Mal ? Si on n'arrive pas à savoir si on a *vraiment* éliminé la victime. On fait quoi ? On s'entretue jusqu'au dernier ?! Est-ce que tu seras capable de m'enfoncer un poignard en plein cœur ? Ah, maintenant que j'y pense : oui, sûrement. C'est quoi, ta limite, Mal ? Je le sais plus ! Et on dirait même que je l'ai jamais su !

— *Ange !*

Gabriel pivote pour leur faire face. Il se contente de les regarder, sans rien dire. Mais ses yeux injectés de sang et son expression furibonde parlent à sa place. Malory peut même voir une veine pulser sur sa tempe.

Ange soutient un moment son regard, avant de se détourner :

— Ah, va te faire foutre. Et puis, va te faire foutre aussi, Mal. Arrangez vos plans de psychopathes sans moi.

Et il s'éloigne entre les arbres d'un pas rageur, laissant Malory avec le DJ.

Elle frissonne, les bras croisés sous sa poitrine. Regrette soudain le départ de son ex.

Gabriel est un meurtrier. Un putain de meurtrier. Qu'est-ce que je fiche toute seule avec lui ?

KARIANE
24 JUILLET
17 H 55
TEMPS RESTANT AVANT LA FIN DU DÉFI :

11:05

Kariane file à travers les arbres, à peine consciente de son environnement. Ses poumons toujours fragiles brûlent à chaque nouvelle inspiration, son cœur bat à une vitesse folle, mais elle s'en moque. Le regard embrouillé de larmes, elle s'éloigne de Malory, d'Ange et de Gabriel aussi rapidement qu'elle le peut. Lorsqu'elle atteint la cour, elle s'arrête contre le tronc du vieux tilleul. S'y appuie le front. Elle laisse tomber le marteau et frappe l'écorce de ses poings. Une fois. Deux fois. Trois fois. Elle sent à peine la douleur dans ses jointures tellement son corps est engourdi. Une plainte s'échappe de sa bouche. Ses membres se désarticulent.

Kariane s'effondre au sol.

Elle a réellement pensé à tuer Laïla lorsqu'elles se trouvaient face à face, seules, dans la cuisine. Pendant quelques secondes, elle l'a souhaité de toute son âme. Elle était persuadée que c'était la bonne décision. Ce moment tourne en boucle dans son esprit. Et à chaque répétition, elle se dégoûte elle-même mille fois plus.

Elle était tout près d'agresser un être humain.

À cause de ce putain de Corrupteur.

Or, elle ne se croit pas assez forte pour vivre avec la mort d'une seconde personne sur la conscience. En fermant les yeux, elle peut encore voir le vieil homme pendu dans son garage. Il était mort depuis un moment lorsqu'elle l'a trouvé, comme en témoignaient les relents nauséabonds que dégageait son corps.

Sauf que si elle abandonne… *qui* préviendra son père qu'il est peut-être sur le point d'être arrêté par la police ? Malgré ses valeurs douteuses, Christian a toujours été là pour elle ; elle refuse de l'imaginer derrière les barreaux. Ou de songer aux répercussions que son arrestation pourrait avoir sur sa propre vie. Si elle l'avertit à temps, elle pourra peut-être sauver sa famille d'une catastrophe.

Kariane doit trouver, pour quitter ce manoir, une solution qui n'implique pas de tuer, mais qui lui permet de survivre.

Elle essuie ses larmes. S'oblige à se ressaisir. Respirer. Faible ou pas, elle est une marathonienne ; elle peut déjouer le Corrupteur. Disparaître dans la nature. Puis dans la ville. Courir jusqu'à s'effondrer. Passer entre les mailles du filet.

Elle croise les doigts. Puis se lève, raffermit sa conviction. Elle tente de revoir mentalement le plan des lieux. D'un côté, le fleuve. De l'autre, une falaise. Mais entre les deux s'étend une bande de forêt en direction soit de la rue, soit de la vieille cabane.

La rue semblant un choix trop risqué, Kariane juge plus sage de s'enfoncer plus profondément sur le terrain. Le plus longtemps elle restera loin de la civilisation, meilleures seront ses chances d'échapper au Corrupteur. Et si ses sbires la suivaient ?

Elle préfère ne pas y penser. Au pire, elle les sèmera en forêt.

Sa décision est prise. Reculer n'est plus une option.

Kariane ferme les paupières, les rouvre, puis se lève et… s'élance. Elle ralentit seulement lorsqu'elle contourne Malory, Ange et Gabriel, trop occupés à se quereller pour la remarquer. Puis, elle réaccélère, déterminée à ne laisser rien ni personne entraver sa future liberté.

Une foulée après l'autre.

Inspire. Expire. *Tu vas y arriver.* Elle franchit le ruisseau. Dépasse la cabane.

Plusieurs minutes plus tard, les arbres se densifient. Kariane doit ralentir pour éviter les obstacles, mais elle s'interdit de douter. D'arrêter pour réfléchir. *La forêt est vaste : impossible que le Corrupteur en surveille chaque mètre carré*, songe-t-elle… avant de réaliser, avec horreur, qu'elle se trouve dans une sorte d'entonnoir. D'un côté, la falaise se rapproche. De l'autre, le fleuve en fait tout autant. Et plus Kariane avance, plus la bande de forêt devient étroite.

C'est un piège.

Cette pensée la déconcentre suffisamment pour lui faire perdre pied. Elle atterrit dans l'humus. Se relève, soudain habitée d'un mauvais pressentiment. Elle scrute les environs, les arbres, les coins sombres, à la recherche d'un signe d'hostilité.

La peur la prend au ventre.

Doit-elle faire demi-tour ? *Trop tard pour ça*, réalise-t-elle avec l'impression grandissante de suffoquer. *J'ai sûrement quitté la propriété depuis un moment. Aux yeux du Corrupteur, je ne vaux pas mieux qu'un cadavre.*

À court d'options, Kariane se remet à courir. Malgré les racines et les roches, elle augmente le rythme. Tout ce qu'elle veut, c'est être loin du manoir. Le plus loin possible, le plus vite possible.

La forêt s'éclaircit d'un coup.

Devant Kariane se dévoilent une route en terre battue, des véhicules tout-terrain et… une dizaine d'individus vêtus comme des soldats en mission de camouflage. Des hommes, des femmes, armés de tasers et de matraques. Des masques à gaz cachent leur visage, probablement dans l'éventualité où ils devraient utiliser les grenades accrochées à leur ceinture. Kariane se fige ; elle n'a jamais eu la moindre chance.

Quelqu'un l'attrape par-derrière, et plaque une main sur sa bouche pour l'empêcher de crier. Elle mord la chair aussi fort qu'elle le peut. Un goût de sang se répand sur sa langue, tandis qu'une voix féminine lâche un cri. Kariane se retrouve soudain libre. Elle pousse sur ses jambes, déterminée à traverser la route et à disparaître dans la forêt.

Mais ils sont déjà deux à lui bloquer le chemin. Puis trois.

Vous n'avez pas choisi la bonne cible, bande d'enfoirés.

Kariane donne un premier coup de poing, casse un nez. Elle pivote pour enfoncer son pied dans l'abdomen de l'adversaire suivant. Atteint sa cible, qui gémit en tombant.

— La fête est finie, petite conne, crache un homme dans son dos en l'attrapant.

Connaissant plusieurs techniques d'autodéfense, Kariane balance sa tête vers l'arrière, et plante ses coudes dans les côtes de l'ennemi. L'homme reste de marbre face à ses attaques et, pendant ce temps, une femme aux courts cheveux rouges la bâillonne et lui enfonce un sac en tissu sur la tête. L'attache. On commence à la traîner vers une voiture. Kariane résiste, continue de se débattre. Mais lorsqu'elle reçoit un coup sec dans l'estomac, elle se plie en deux, cherchant son souffle.

Une autre personne approche :

— Calme-toi. Plus tu te débats, pire ça va être.

Les jambes de Kariane ramollissent. Cette voix… elle la reconnaît.

Est-ce possible ?

GABRIEL
24 JUILLET
18 H 16
TEMPS RESTANT AVANT LA FIN DU DÉFI :

10:44

Pendant que Malory tente d'élaborer un plan, Gabriel bouillonne. Depuis que sa décision est prise, il n'a plus qu'une seule envie : enfoncer sa hache dans le crâne du prétentieux actuaire. Le temps de contrôler sa colère est passé. Il doit désormais utiliser celle-ci pour assurer sa survie. Et sa survie, justement, passe par la mort de Patrick.

Parce que Patrick est trop intelligent. Trop manipulateur. Trop imprévisible.

Trop dangereux.

Mais surtout, son cas doit être réglé avant que Gabriel s'affaiblisse davantage. Il ressent déjà les effets des nombreuses substances toxiques auxquelles son corps a été confronté depuis la fête. Sa main criblée de trous l'empêche de tenir sa hache avec autant de force qu'il le souhaiterait. Et avec toutes ces marches en forêt, sa prothèse commence à lui faire souffrir le martyre. Le sol inégal lui complique la vie ; il doit constamment surveiller son pied artificiel pour éviter qu'il se coince dans une branche.

— Et Quentin ? Qu'est-ce qu'on fera de lui ?

Gabriel reporte son attention sur Malory, assise près de lui sur un rocher.

— *What do you think ?* crache-t-il. On peut prendre la chance de le laisser vivant, avec tous les indices qu'on a ?

Il laisse la question en suspens, et analyse la réaction de sa nouvelle partenaire : d'abord incertaine, puis son visage se referme. Elle hoche la tête. Se penchant, elle extrait un couteau de sa ridicule botte fuchsia.

Parfait.

Il inspire. Expire.

Il doit se mettre en mouvement, sinon il risque de perdre la tête. Ou le contrôle de lui-même. Et c'est le meilleur moyen de commettre une erreur.

— *Can we go, now ?* T'es prête ? Arrange-toi pour distraire Patrick, et je vais m'occuper du reste, *alright* ? Est-ce que Ange va être un problème ?

Elle hausse les épaules, et au moment où elle s'apprête à répondre, des bruits de pas trahissent l'approche de son ex. Malory et Gabriel pivotent pour lui faire face.

Le pull d'Ange est imbibé de sueur, son visage est rougi comme s'il avait escaladé une montagne.

— D'où tu viens, comme ça ? demande Malory.

— Après qu'on s'est séparés, je suis retourné creuser la tombe de Zeff. Ça m'a vidé le cerveau, un peu. Mais, avec les racines et tout, c'est *vraiment* pas évident. Hum ! j'ai réfléchi, Mal. Et puis… vos arguments n'ont aucun sens. Je te laisserai pas faire ça. T'auras pas d'autre choix que de me passer sur le corps si tu…

Mais un hurlement féminin l'empêche de terminer sa phrase. Ses yeux s'agrandissent.

— C'est Laïla, ça ! s'exclame-t-il en s'élançant au pas de course.

PATRICK
24 JUILLET
18 H 20
TEMPS RESTANT AVANT LA FIN DU DÉFI :

10:40

Le retour de Patrick à la réalité est brutal, douloureux. Et confus. Devant son regard se précisent peu à peu les immenses fenêtres du salon. Il porte une main à sa tête. Y découvre une bosse. Pendant une fraction de seconde, il pense avoir été endormi par le Corrupteur, mais son altercation avec Quentin lui revient en mémoire. *Merde.* Son corps se tend, prêt à recommencer à se battre. Patrick palpe sa poche à la recherche de son couteau… avant de se souvenir que l'arme est partie avec Quentin.

Plantée dans l'abdomen de cet imbécile.

Il baisse les yeux sur ses doigts couverts de sang. Son cœur manque un battement, sa gorge s'assèche. Il examine le cadavre étendu sur le plancher à quelques mètres de lui : les jambes interminables, les bras fins, la longue tignasse blonde baignant dans le liquide écarlate.

Il se détourne et remarque, tout près, un amas de débris blancs au travers duquel une tête d'ange ainsi qu'une aile sont facilement identifiables.

Ça n'aurait pas dû se passer comme ça.

Il ferme les paupières dans l'espoir de diminuer nausées et douleurs crâniennes. Il ne dispose cependant d'aucun répit ; des bruits de pas lui indiquent qu'il ne sera bientôt plus seul. *Oh ! Merde. Encore des incompétents à gérer.* Il ouvre les yeux juste à temps pour voir Malory et Ange surgir par la porte extérieure, restée ouverte.

En apercevant la scène, la chanteuse se tourne vers Patrick. Elle ne prend même pas la peine d'aller vers le corps. L'entaille à la gorge et la mare de sang qui s'en est écoulée rendent tout doute impossible.

Laïla est morte.

— On vient de l'entendre crier. T'as pas perdu ton temps, espèce de cinglé !

En parlant, elle pointe son couteau vers Patrick. Ange l'imite, le teint vert, la main tremblante. Des pas claudicants annoncent alors l'arrivée de Gabriel, qui rejoint bientôt les deux ex. Sa hache prête à frapper.

Patrick se place en position défensive :

— Hé là, vous concluez un peu trop vite. C'est le sang de Quentin qui est sur mes mains. C'est *lui* qui nous a attaqués, Laïla et moi !

Le regard de Malory brille d'un mélange de colère et de folie :

— Raconte.

Avant de répondre, Patrick a besoin de reprendre ses esprits, de calmer son mal de crâne et ses nausées. Il continue de se sentir faible malgré la prise de l'antidote. Sa tête tourne. L'accumulation de toxines dans son corps ne doit pas l'aider. Et il a de toute évidence subi un traumatisme crânien pendant son combat avec Quentin. Exhibant ses mains vides, il se lève, puis se dirige – en titubant un peu – vers la cuisine, priant que ses adversaires n'en profitent pas pour l'achever. Il nettoie le sang de ses mains, puis avale une longue rasade d'eau directement du robinet.

— Arrête d'essayer de gagner du temps, et raconte ! insiste Malory.

Patrick pivote et s'appuie au comptoir : les trois autres l'entourent. Les regards de Malory et de Gabriel sont menaçants. Celui d'Ange est confus. Patrick est pris au piège.

— J'ai trouvé Laïla cachée dans la cuisine, explique-t-il. Elle avait rien, juste une bonne frousse. Elle disait que Quentin était parti au garage, alors c'est là qu'on l'a cherché en premier. Puis, on a fouillé la maison de fond en comble, pendant presque une demi-heure. On allait vous rejoindre quand ce malade mental est entré dans le salon. Il s'est jeté sur Laïla. Il a dit que c'était elle, la victime, qu'il l'avait compris à cause du pénis. Même à deux contre un, il nous a eus. Il m'a frappé avec une statue. Si vous ne me croyez pas, allez voir dans le salon : les morceaux sont par terre.

— Et Quentin, il est où, là ? demande Malory. Pourquoi il t'a pas achevé ?

— On s'est battus. Il m'a frappé sur la tête avec la statue, et il m'a sauté dessus. C'est là que je lui ai planté le couteau dans le ventre. J'ai perdu connaissance au moment où il fichait le camp. J'ai eu de la chance, je suppose.

Malory et Gabriel échangent un regard. Le second hoche la tête, et s'apprête visiblement à balancer sa hache sur Patrick. Mais d'abord, il pose une dernière question :

— *And* Kariane, qu'est-ce que tu as fait d'elle ? Ça va être quoi, ta *fucking story*, cette fois ?

GABRIEL
24 JUILLET
18 H 24
TEMPS RESTANT AVANT LA FIN DU DÉFI :

10:36

— Comment ça, Kariane ?! Elle était pas avec vous ?

La surprise dans le regard de Patrick est réelle. Ou crédible, à tout le moins. Gabriel, à deux doigts de frapper, est déstabilisé par le soulagement qu'il ressent à l'idée que la Française soit toujours vivante. Juste assez pour laisser une ouverture à Patrick.

Qui en profite.

D'un geste vif, l'actuaire attrape le distributeur de savon et le lance en direction du visage de Gabriel. Pendant que ce dernier l'évite, Patrick tente une fuite. Pour se retrouver face à Malory qui, elle, n'a pas baissé sa garde.

— Voyons, bordel ! Je vous ai rien fait ! Je vous ai tout dit ! Qu'est-ce que vous voulez de plus ?

Personne n'ose répondre. Patrick dévisage ses adversaires à tour de rôle, avant d'ajouter :

— Pour que vous sachiez, Laïla et moi, on a conspiré dans le dos de personne pendant qu'on cherchait. Mais c'était pas la même chose de votre côté, hein. Je pensais qu'on règlerait ça de manière civilisée.

Gabriel serre les dents, submergé par une nouvelle vague de colère. *Je sais que t'es en train de jouer un sale jeu, espèce de pourri. Et aussitôt qu'on aura le dos tourné, tu vas nous planter un poignard entre les omoplates.* Il tend ses muscles, s'apprête à frapper…

— *PUTAIN*, les mecs ! Au lieu de s'entretuer, est-ce qu'on peut *chercher Kariane* ?

Ange a laissé tomber son couteau et a bondi au centre de l'altercation. Gabriel parvient à desserrer les mains autour de sa hache. Malory lâche un juron. Patrick, l'air soulagé, montre ses paumes en signe de paix.

— Ange a raison, Laïla est morte et Quentin est gravement blessé, résume l'actuaire. Je pense qu'on peut penser que la victime est probablement éliminée – ou sur le point de l'être – vu que tous les indices pointaient dans leur direction. Là, Kariane a peut-être des problèmes. Vous voulez la laisser tomber, c'est ce que je comprends ?

Patrick a touché une corde sensible. Le feu dans l'estomac de Gabriel faiblit ; il revoit le visage de Kariane entre ses mains lorsqu'il lui a donné l'antidote. Si vulnérable, et pourtant si forte. Il secoue la tête pour la chasser de ses pensées, mais il est déjà trop tard. Patrick a gagné. Pour cette fois.

— C'est bon, concède la chanteuse. On va essayer de trouver Kariane. Mais on garde le malin à l'œil.

Oh, merde. Mal, t'aurais tellement pas dû dire ça.

Gabriel baisse son arme, mais ne peut s'empêcher de demeurer tendu. À partir de maintenant, Patrick ne relâchera plus sa garde ; ils n'auront plus jamais une aussi belle occasion de se débarrasser de lui.

QUENTIN
24 JUILLET
18 H 26
TEMPS RESTANT AVANT LA FIN DU DÉFI :
10:34

Des éclairs de douleur dansent devant les yeux de Quentin, qui continue d'avancer, luttant pour ne pas perdre connaissance. Il regrette de ne pas avoir achevé Patrick. Mais tout s'est passé si vite. Quand la lame du couteau de précision a pénétré son ventre, il était persuadé qu'il y laisserait sa peau. Il a déguerpi.

Il se trouvait dans le garage quand il a réalisé que la lame du couteau était cassée : une partie est restée dans son abdomen. L'autre, Quentin l'a abandonnée sur le plancher. Il s'est emparé du premier chiffon graisseux qui lui est tombé sous la main, et il l'a appliqué sur sa plaie, pressant pour freiner l'hémorragie. Puis il est sorti. Lorsque la voie s'est libérée, il a pris la direction de la forêt. À présent, il avance tant bien que mal à travers les arbres. Vers le seul endroit qui – en l'absence de meilleure option – lui paraît sécuritaire.

Sur le terrain boisé et inégal, chaque pas est une torture. Pourtant, Quentin persévère. Au bout d'un moment, il passe près de l'emplacement où Patrick a égorgé le chien. Songe que son existence serait beaucoup plus facile s'il n'avait pas sauvé la vie de ce connard. Seule consolation : la balade en forêt est moins pénible avec des blessures qu'avec de la drogue, et des dobermans qui lui collent au derrière.

Tout espoir n'est pas perdu.

ANGE
24 JUILLET
18 H 51
TEMPS RESTANT AVANT LA FIN DU DÉFI :

10:09

Patrick, Gabriel, Malory et Ange ont fouillé la maison et la forêt environnante pendant une trentaine de minutes. Aucune trace de Kariane. En revanche, ils ont trouvé du sang dans le garage – sans doute celui de Quentin –, ainsi que le couteau, dont la lame est à présent raccourcie. Pendant tout ce temps, la tension dans le petit groupe était palpable, mais aucun geste hostile n'a été commis. Malory a même replacé son couteau dans sa botte.

Ange, d'ailleurs, se félicite d'avoir réussi à éviter un meurtre. S'interposer entre Gabriel et Patrick était risqué, mais il a ressenti une incroyable satisfaction en montrant à son ex qu'il pouvait tenir tête aux deux hommes.

En passant par le salon, le groupe décide de faire une pause. Tous sont épuisés, affamés, et découragés par leurs recherches infructueuses. Ange s'assoit sur la plate-forme où le matériel du DJ était installé la veille. Patrick disparaît dans la cuisine et en revient, au bout d'un moment, avec des sandwiches au beurre d'arachide, qu'il distribue à chacun. Ange engloutit le sien sans même s'en apercevoir.

Sa gorge est sèche. Sa langue, râpeuse. Les bouteilles l'appellent de plus en plus. L'envie d'oublier sa misère. D'oublier Malory, surtout. Il n'arrive pas à se sortir cette fille de la peau. *Pourquoi, bordel ?* Il enrage en réalisant qu'il continue de vouloir la protéger. Il devrait la haïr.

Perdu dans ses ruminations, Ange regarde fixement le mouvement des aiguilles sur l'horloge accrochée au mur. Ses yeux sont atrocement secs. Il frissonne, maudissant l'absence de gouttes pour humidifier ses cornées, cligne des paupières, puis reporte son attention sur les autres. Gabriel est appuyé contre une table, sur laquelle est posée sa hache. Patrick est assis au bar pour soulager sa jambe blessée. Et Malory exécute des allers-retours devant les fenêtres, son expression obscurcie par quelque pensée sordide.

Gabriel frappe la table du plat de la main, faisant sursauter Ange.

— *I won't give up on Kariane*. Elle a peut-être eu peur. Peut-être qu'elle est allée se cacher dans la cabane ? *I don't know*. Mais je peux pas rester ici les bras croisés. Elle pourrait être *in danger*. Parce que Quentin pourrait la trouver *and... well...* Vous pouvez rester ici, mais moi... *I'll keep looking for her*.

Patrick s'empare d'une bouteille de gin dans laquelle il reste moins d'une dizaine de centimètres de liquide. La porte à sa bouche, déglutit, puis s'essuie les lèvres.

— Tu veux retourner faire une balade en forêt ? Ce serait idiot. T'as déjà du mal à marcher, vieux. Je pense que la meilleure chose qu'on peut faire, c'est attendre la fin du compte à rebours.

Il pointe le chronomètre accroché à son cou, puis poursuit :

— À dix heures, s'il n'y a pas de scène de crime, on saura qu'on a éliminé la victime. Et, à ce moment-là, on pourra agir en conséquence...

Malory s'immobilise pour lui faire face :

— Tu penses que le Corrupteur ne tuera personne d'autre si elle est morte ?

— Dans les « règles », c'était écrit que la fête prendrait fin lorsque la victime serait éliminée. Ou un truc du genre. Tu écoutes les nouvelles toi aussi, non ? C'est un salaud, mais il respecte sa parole. Il relâche ses victimes quand c'est le moment. Il fournit ses antidotes. Pourquoi ce serait différent avec nous ?

Il prend une nouvelle gorgée. Malory traverse le salon, s'arrête à deux pas de l'actuaire et le fixe intensément. Puis, sans prévenir, elle lui arrache la bouteille des mains, et la soulève en adoptant une attitude cérémonieuse...

— Va te faire foutre, le Corrupteur !

… avant d'en avaler une longue rasade.

Elle tend ensuite l'alcool à Ange qui, bien que tenté, serre les dents et détourne le regard. *Pas question que je lui donne la satisfaction de…*

— Allez, Ange. Je sais que tu penses qu'à ça. Assume, putain ! *Be a fucking man !*

Elle hurle les derniers mots. Pris d'une soudaine envie de la frapper, Ange dévie sa rage vers la bouteille, qu'il empoigne avant d'avaler plusieurs gorgées. En voyant le sourire sur les lèvres de son ex, il s'interrompt, se lève et va poser, sans la moindre douceur, le contenant sur la table du DJ.

Gabriel hausse les sourcils, mais imite les autres. Il attrape ensuite sa hache et entreprend de se diriger vers la sortie.

— *Do as you wish*, lâche-t-il sans se retourner, mais moi, je vais aller voir à la cabane. *Just in case Kariane is there.*

Patrick se gratte les joues et soupire :

— Bon, si tu y tiens… allons-y ensemble.

Dehors, l'ombre des arbres s'allonge, mais la chaleur est toujours aussi intense. Une marmotte, qui grignotait dans un coin de la cour, s'empresse de disparaître en voyant arriver les quatre humains.

Ils ont à peine atteint la lisière de la forêt quand Malory commence à tituber. *Elle n'a pas bu tant que ça*, songe Ange, étonné. *Est-ce qu'elle joue la comédie ? Elle veut attirer l'attention, encore ?*

Inquiet malgré lui, il ne peut s'empêcher de garder un œil sur son ex. Il la rattrape de justesse au moment où ses jambes se dérobent sous son poids.

— Mal ? Qu'est-ce que tu as ? demande-t-il en l'asseyant sur un rocher.

Elle cligne des paupières, mais n'arrive pas à focaliser son regard sur lui. Paniqué, il réitère sa question. Elle ouvre la bouche, mais les mots qu'elle tente de prononcer se transforment en syllabes détachées.

— Mal, merde ! Tu me fais peur.

Elle hoche la tête, mais son menton cogne contre sa poitrine et ne se relève pas. Son corps entier ramollit. Il doit la prendre dans ses bras pour l'allonger dans l'herbe. Au moins, elle respire encore.

Patrick s'approche, et s'accroupit pour observer Malory. Ange le repousse d'un geste brusque, le faisant tomber sur les fesses.

— C'est toi qui lui as fait ça ?!

En posant la question, il voit l'actuaire planter ses paumes au sol, l'air confus et étourdi. *Putain. Qu'est-ce qui se passe ?* Ange ressent quelques symptômes, lui aussi. *Merde-merde-merde !* Dans une tentative désespérée pour réveiller Malory, il entreprend de lui frapper les joues, tout en luttant pour garder ses propres yeux ouverts.

Seul Gabriel est debout, aucunement affecté. Le regard vif, ses mains sont fermées sur sa hache. *Pourquoi il a pas l'air drogué, lui ? Qu'est-ce qu'il nous a fait ? Est-ce qu'il va tous nous tuer, comme il voulait tuer Patrick ?*

Le DJ s'approche des trois autres, prêt à frapper. Un mouvement, toutefois, détourne l'attention d'Ange : l'actuaire a attrapé le chronomètre qui pendait sur sa propre poitrine. Il lance un regard de défi au DJ tout en appuyant sur le bouton d'urgence.

Voyant son erreur, Gabriel rugit une insulte en anglais, et passe à l'attaque. Il manque de peu Patrick, qui en profite pour donner un coup de pied sur sa jambe valide. Le DJ perd l'équilibre, s'écroule. Patrick extrait le couteau de sa poche. Puis les deux hommes roulent au sol.

Luttant pour garder les yeux ouverts, Ange peine à suivre le combat… jusqu'à ce que son cerveau soit remis en alerte : il entend des pas rapides venant de l'arrière. Il pivote pour apercevoir, provenant du manoir, une dizaine d'hommes et de femmes accoutrés comme des chasseurs.

Et armés.

Paniqué, il tente de se relever. Il ferme le poing sur le couteau que Malory lui a donné. Mais le laisse tomber dans un tapis de végétaux. Sa vision s'obscurcit.

Merde, Ange. DEBOUT !

Un sifflement lui fait tourner la tête, et la dernière chose qu'il voit avant de sombrer dans l'inconscience est un dard qui se plante dans le dos de Gabriel.

Bien fait pour toi, salaud.

QUENTIN
24 JUILLET
18 H 52
TEMPS RESTANT AVANT LA FIN DU DÉFI :

10:08

De plus en plus mal en point, Quentin frotte la couche de saleté sur la fenêtre pour regarder à l'intérieur de la cabane. À première vue : personne. Il se dirige vers la porte d'un pas laborieux. Tâte la poignée. Fermée, évidemment. Il prend un caillou, fracasse la vitre. Un jeu d'enfant après celle du cellier, qu'il lui a fallu frapper plusieurs fois, de toutes ses forces, avec une pierre qu'il avait mis des heures à extraire du mur.

Sa respiration est ardue. Douloureuse. Quentin ne sait pas combien de temps encore il parviendra à s'accrocher à la vie. Ne sait pas davantage ce qu'il espère trouver dans ce taudis. Une trousse de premiers secours ? Il a depuis longtemps dépassé le stade où une poignée de pansements et de lingettes désinfectantes lui seraient d'une aide quelconque. Pourtant, cet abri lui est salutaire : s'il est destiné à mourir, autant le faire loin de ces imbéciles.

Il passe le bras par la vitre cassée, tourne le loquet et entre, accueilli par une odeur de moisi et de renfermé. L'endroit, constitué d'une seule pièce, est sombre et poussiéreux. S'y trouvent une malle, une table ronde, deux chaises, un lit de camp, et un petit meuble à tiroirs. Quentin se croirait presque entré dans une autre époque.

Et maintenant ?

Il baisse les yeux sur son ventre. Pose le torchon imbibé de sang sur la table et lève son pull pour examiner la plaie. L'entaille est nette. Un filet écarlate s'en échappe toujours. Si Quentin veut avoir la moindre chance de s'en sortir, il doit retirer la lame et arrêter le saignement.

Il ouvre la malle. Elle contient seulement quelques vêtements. Peut-être parviendra-t-il à s'en faire un bandage. Les tiroirs, quant à eux, renferment des instruments de cuisine ainsi que des outils : un tournevis à embouts interchangeables, deux paires de pinces, un marteau. Rien pour réinventer la roue… mais, au moins, Quentin n'aura pas besoin d'utiliser ses doigts.

Il prend la pince au bout effilé, et place ses doigts de chaque côté de la plaie.

— Bordel de merde. T'as pas le choix, vieux. Tu peux pas aller à l'hôpital.

Avant de passer à l'action, il décide de s'allonger sur le lit de camp. Au cas où il s'évanouirait.

Il s'installe, sans mouvement brusque. Tâte sa blessure en jurant de plus belle. Du bout des doigts, il essaie de repérer la lame. Il repense à la distance parcourue depuis le manoir, à la pression exercée sur la plaie. Et craint soudain que l'objet métallique soit trop profondément enfoncé dans son abdomen. Il lui faudrait un miroir pour voir la blessure.

— Putain, répète-t-il, les dents serrées.

Il enfonce son index dans la chair. Pousse un hurlement.

La douleur est quasi insupportable. Quentin est à deux doigts de perdre connaissance. Mais il sent la lame. Enfoncée de presque deux centimètres à la hauteur de ses intestins. Il empoigne la pince, expire lentement.

Et plonge les extrémités pointues dans son corps, assourdi par son propre cri de douleur.

Il parvient à emprisonner la lame dans l'outil. Tire en douceur, chaque millimètre paraissant durer une éternité. Le sang suinte à profusion entre ses doigts.

Lorsque la lame est enfin retirée, il la laisse tomber, ainsi que la pince, sur le sol à côté du lit. Il plaque une main sur la blessure, espérant freiner l'hémorragie. Réalise qu'il a oublié d'approcher des vêtements pour s'en servir comme bandage.

N'ayant même plus la force de jurer, il se lève, et titube en direction de la malle. Un pas. Un autre. Quentin n'est pas certain d'avoir la force d'en faire un troisième quand des bruits lui parviennent de l'extérieur.

Les autres l'ont-ils retrouvé ?

Un objet vole par la fenêtre brisée, atterrit à ses pieds et commence à dégager une épaisse fumée.

Non, pas ça !

Poussé par un nouveau regain d'énergie, Quentin retient son souffle. Il rejoint la malle, et attrape un vieux tee-shirt. S'interdit de crier en pressant sur sa plaie. Et entreprend de se diriger vers la porte.

Il faut à tout prix sortir d'ici, vieux.

Mais la fumée a vite fait de se répandre dans l'endroit clos. Quentin est déjà aveuglé. Il cherche la sortie à tâtons, la trouve enfin.

Il suffoque.

Tourne la poignée.

Ses poumons fragilisés par le poison le font atrocement souffrir.

Tire sur la porte.

Incapable de résister plus longtemps, Quentin inspire.

Il se retrouve à l'extérieur, où il est accueilli par une poignée de silhouettes floues.

Et s'évanouit.

MALORY
24 JUILLET
HEURE INCONNUE
TEMPS RESTANT AVANT LA FIN DU DÉFI :
INCONNU

— AHHHHHH !!!! Au secours ! Arrêtez ! Non ! NOOOOON ! Le cri, qui semble provenir de partout à la fois, force le retour de Malory dans la réalité. *Kariane* ?! Elle ouvre les yeux, mais ne distingue que du noir. Cligne des paupières ; rien ne paraît obstruer son regard. Donc, soit elle est devenue aveugle, soit elle est enfermée dans une pièce où la noirceur est impénétrable. Tandis qu'elle prie pour la seconde option, son cœur accélère. Elle tente de parler, mais ses lèvres refusent de s'écarter, comme si elles étaient collées. Ou… qu'elle avait un ruban adhésif collé sur la bouche.

Oui, c'est sûrement ça. Il *faut* que ce soit ça.

Malory essaie de porter les mains à son visage. Impossible. Elle a l'impression d'être ligotée à une chaise. Ou à un fauteuil, peut-être ? Elle tourne la tête à gauche, à droite. Tend l'oreille et entend un gémissement étouffé, tout près.

Soudain, un petit ventilateur s'active au-dessus d'elle. Et un faisceau lumineux fend l'obscurité. *Un projecteur ! Je suis dans la salle de cinéma !* constate-t-elle en identifiant la pièce située au sous-sol du manoir.

L'éclairage feutré permet à Malory de comprendre qu'elle n'est pas seule : d'autres personnes sont attachées non loin d'elle. Tandis qu'elle plisse les yeux dans l'espoir inavoué de reconnaître Ange, un message s'affiche sur le mur, accompagné d'une animation visuelle : des ballons d'anniversaire qui s'envolent vers le plafond.

« La fête n'est pas encore terminée. Elle le sera, toutefois, si vous ne parvenez pas à sortir de cette pièce dans le temps imparti. Amusez-vous bien. »

Les ballons explosent tous en même temps, et l'effet sonore fait sursauter Malory. L'image disparaît, puis toutes les lumières s'allument d'un coup, aveuglantes. Lorsque les pupilles de la chanteuse s'ajustent, elle comprend qu'elle n'aura plus besoin de chercher Kariane.

La Française a littéralement été clouée au mur, la tête à l'envers. Nue. De sa gorge tranchée s'échappe encore un mince filet écarlate. Mais la quasi-totalité des cinq litres de sang que son corps contenait est déjà déversée sur le tapis auparavant immaculé. Plusieurs dizaines de queues d'âne sont plantées un peu partout dans sa peau, retenues à l'aide de petites seringues. Et une cible a été peinte en rouge sur son ventre.

Kariane est morte, aucun doute là-dessus. Le cri entendu ne pouvait être qu'un enregistrement. Malory lève les yeux vers le plafond, où sont effectivement installés de multiples haut-parleurs.

Un goût de bile envahit sa bouche. Elle s'empresse de le ravaler ; manquerait plus qu'elle s'étouffe dans son propre vomi. Elle détourne la tête en s'efforçant de reprendre ses esprits.

À sa gauche se trouve Ange. Blanc comme un linge, il a l'air en état de choc. De l'autre côté sont attachés Patrick et Gabriel. Également bâillonnés à l'aide d'un scotch gris. Malory se contorsionne pour examiner le reste de la pièce. Près de l'issue, elle remarque un petit panneau lumineux sur lequel s'affiche un compte à rebours : 2 h 57. Et juste en dessous, un clavier à neuf chiffres.

Le délai alloué est donc similaire au précédent. Ils n'ont cependant pas le choix de jouer, cette fois. Le Corrupteur a été clair sur ce qui leur arrivera s'ils ne découvrent pas le code avant l'écoulement du temps : *Game over*.

Mieux vaut ne pas y penser.

Elle baisse les yeux sur les accoudoirs, réalise qu'une fléchette en métal, semblable à celles qui se trouvaient dans la salle de billard, est plantée à quelques centimètres de ses doigts. En étirant ceux-ci, elle réussit à l'atteindre. Elle tente ensuite, à l'aide de l'extrémité pointue, de gratter le ruban qui la retient à la chaise. Mais impossible d'y arriver. Son index brûlé, douloureux et recouvert d'un épais bandage, l'empêche de manœuvrer efficacement.

Peut-être avec sa bouche ?

D'abord, elle doit retirer son bâillon. En se pliant, Malory parvient à baisser son visage à la hauteur de son bras. Elle coince la fléchette sous son petit doigt pour libérer son pouce et son majeur, avec lesquels elle agrippe le coin du ruban. Mais elle est tellement mal placée pour forcer qu'il décolle à peine. À court d'options, elle redresse son dos d'un coup sec, serrant les dents sur la souffrance qui se répercute dans son épaule blessée. Le ruban adhésif s'arrache, accompagné d'un bruit et d'une horrible sensation de déchirement.

Mais quand Malory s'apprête à reprendre la fléchette, elle constate, horrifiée, que l'objet est tombé sur le plancher.

— Merde ! Ange, faut que tu fasses comme moi !

Inutile de le préciser : les trois hommes étaient déjà en train de s'exécuter. Quelques instants plus tard, ils ont tous retrouvé la faculté de parler. Et Malory regrette amèrement chacune des insultes qu'elle a adressées à son ex depuis le début de la journée.

QUENTIN
24 JUILLET
HEURE INCONNUE
TEMPS RESTANT AVANT LA FIN DU DÉFI :
INCONNU

La première sensation dont Quentin prend conscience lorsqu'il se réveille est la douleur indescriptible dans son abdomen. La deuxième, la soif intense qui lui brûle la gorge. La dernière – et pourtant, celle qui l'étonne le plus – est le simple soulagement d'être toujours vivant. Dans un gémissement étouffé, il se redresse sur le lit de camp, et se frotte les yeux. Il fait si sombre qu'il ne voit pratiquement rien. Tout au plus distingue-t-il une vague lueur qui pénètre par la fenêtre de la cabane. Pendant combien de temps est-il resté inconscient ?

Impossible de le savoir.

Du bout des doigts, il palpe son ventre. Touche un bandage. Quelqu'un a soigné sa plaie. À cette idée, un poids immense tombe de ses épaules ; il va peut-être survivre.

S'il arrive à tuer Patrick. L'enfoiré qui lui a planté un couteau dans l'abdomen.

Mais comment y parviendra-t-il, dans l'état où il se trouve ?

Soif. Tellement soif.

Ses pensées sont à peine cohérentes.

Le ruisseau.

C'est stupide ; il va à coup sûr se rendre malade.

Pourtant, il doit boire avant de rejoindre les autres.

Sinon, il n'aura même pas la force de se battre.

En fait, il n'en aura sans doute pas la force d'une manière ou d'une autre… mais autant mettre les chances de son côté.

Soif.

Il se lève. Cherche la porte à tâtons. En chemin, il se cogne un orteil à un des pieds de la table.

— Putain de bordel de merde.

Il prononce le juron en chuchotant. Comme si quelqu'un risquait de l'entendre dans ce trou perdu. Quel con.

Des éclats de vitre brisée grincent sous ses pas, lui indiquant qu'il est près du but.

La porte.

Tellement soif.

Une fois dehors, les ténèbres sont à peine moins denses. Quentin n'a aucune idée de l'heure, mais la nuit est tombée : le couvert nuageux empêche de voir les étoiles.

Une lueur lointaine lui permet toutefois de deviner où se situe la maison. Lentement, il commence à traverser la forêt. Et, bientôt, il peut se laisser guider par le clapotis pour trouver le ruisseau. La chaleur est encore étouffante, si bien que Quentin a l'impression de se déshydrater davantage à chacun de ses pas.

Arrivé près du cours d'eau, il s'accroupit, malgré l'explosion de douleur dans son ventre, et il approche son visage du liquide jusqu'à le sentir sur ses lèvres. Enfin, il aspire. Et aspire. Sa soif est tellement grande qu'elle lui semble inextinguible. Jamais de l'eau n'a eu aussi bon goût. Lorsque Quentin a terminé, il réalise que son estomac gonflé exerce une nouvelle pression sur sa plaie.

Il a mal. Si mal.

Incapable de supporter la douleur, il se recroqueville dans l'humus et se laisse sombrer dans la torpeur.

ANGE
24 JUILLET
HEURE INCONNUE
TEMPS RESTANT AVANT LA FIN DU DÉFI :
INCONNU

La tâche est titanesque. Un travail d'orfèvre. Ange a l'impression qu'il a forcé durant une éternité avec son bras pour étirer le ruban adhésif, en même temps qu'il gratte celui-ci avec la pointe de la fléchette. *Avec sa bouche.* Le compte à rebours l'informe qu'il s'exécute depuis une quarantaine de minutes.

— Allez, Ange. Ça va bien, lâche rien, mon beau, l'encourage Malory, hypocrite.

Quarante minutes parties en fumée. Ça, et *au moins* une dent cassée.

Mais il sent qu'il y est presque. Il a réussi à effilocher le ruban sur près du tiers de la longueur. Et à affaiblir le reste. Un bon coup suffira peut-être à achever ce qui est toujours attaché. Son cœur s'emballe. Ange devine que Gabriel et Patrick progressent également avec leurs rubans respectifs. Et ça le terrifie. Il a l'impression d'être tellement vulnérable.

Il faut qu'il soit plus rapide.

Il songe au combat entre Gabriel et Patrick, juste avant l'arrivée des sbires du Corrupteur. Si l'actuaire n'avait pas appuyé sur le bouton d'urgence à temps, Gabriel aurait sans doute assassiné tous les autres survivants. Sinon, pourquoi aurait-il été le seul épargné par le somnifère ? Et comment a-t-il fait pour planifier son coup ? La substance se trouvait-elle dans l'alcool qu'ils ont bu ? Une seule explication se tient : Gabriel a placé la bouteille en évidence dans le salon, et espérait que les autres se laisseraient tenter. Et puis, il a fait semblant de boire.

On s'est fait avoir comme des débutants, se maudit Ange. *Mal avait tort de faire confiance à un meurtrier.*

Un bruit de déchirure le tire de ses réflexions.

Meeeerde !

D'un coup, il bande tous les muscles de son corps. Tire avec toutes les forces à sa disposition. Il ressent un éclatement de douleur dans son biceps. Mais en même temps, le ruban gris lâche net. Son premier membre est libre.

Il s'empresse de transférer la fléchette dans sa main et la fait glisser aussi fort qu'il le peut contre le scotch retenant son second bras, y laissant une longue trace. Il recommence, tout en tirant. Encore. *Encore.* Son pouls bat si fort dans ses oreilles qu'il a à peine conscience de ce qui se passe ailleurs dans la pièce. Le matériau se fend de part et d'autre. Ange est enfin libéré.

Il bondit sur ses pieds. Puis s'immobilise.

Gabriel et Patrick se font face, chacun armé de leur fléchette. Apparemment déterminés à finir ce qu'ils ont commencé dans la forêt.

— A-a-ange ? fait Malory d'une voix étouffée.

Il lui impose le silence d'un signe de la main. Ange doit prendre une décision rapidement, et celle-ci pourrait faire toute la différence entre la vie et la mort pour Malory et lui. Un seul meurtre permettrait à au moins trois autres personnes de survivre. Ce serait justifiable. Non ?

Mais qui a le plus de chances d'être la victime du Corrupteur ? Les clichés fournis comme indices ne dévoilent aucune des personnes présentes dans la salle de cinéma. *Sauf que la victime a peut-être compris le lien entre elle et les photos.* Et, dans ce cas, elle pourrait avoir envie de tuer tous les autres participants pour mettre fin à son défi…

Gabriel, donc. Peut-être…

Ange tremble de tout son corps. Il doute. Pendant ce temps, ni Gabriel ni Patrick ne lui accordent la moindre attention. Aucun ne le considère comme une menace.

S'il intervient, agira-t-il contre ses valeurs profondes ?

Et s'il s'abstient et laisse d'autres meurtres inutiles se perpétrer, qu'en sera-t-il ?

Il ne sait pas. Il ne sait plus.

Il déteste ça.

Avant même d'avoir pris sa décision, il saute. Fait chuter Gabriel, puis roule au sol avec lui. Quelque chose se plante dans son épaule : la fléchette. Ange réplique d'un crochet solide sur la mâchoire de son adversaire. Malory crie, tandis que Patrick empoigne le DJ par-derrière, enroule son bras autour de sa gorge. Et serre. Les yeux de Gabriel s'arrondissent de terreur. Son visage rougit. Il commence à se débattre. Sauvagement.

— *Fuck you ! Fuck you all ! If you kill me, you are all dead ! ALL DEAD !*

Patrick reçoit dans le visage un coup de la part de sa victime. Puis un coude dans les côtes. Des mains tremblantes essaient de lui agripper les cheveux. Trop vite, son emprise faiblit. Le DJ est à un cheveu de se libérer. Ange n'a pas d'autre choix que d'intervenir à nouveau. Il enfonce son poing dans le plexus solaire de Gabriel, qui perd le souffle.

— ANGE ! Empêche-le de bouger, ordonne Patrick. Je vais…

Les mots se perdent dans une cacophonie de cris, mais Ange a perçu l'essentiel. Il enroule ses bras autour de son adversaire pour l'empêcher de se défendre. Et l'actuaire consolide son emprise autour de son cou.

On va le tuer, merde.

Mais Ange s'interdit de relâcher sa victime. Même lorsque les forces de celle-ci s'amenuisent. Des râlements s'échappent de la bouche de Gabriel. Il pousse sur sa jambe naturelle, tandis que l'autre bat inutilement l'air. Un dernier spasme le secoue, violent. Et, *enfin*, c'est terminé.

Ange vient de participer à un assassinat.

Il se redresse et recule, sonné. Il extirpe la fléchette de son épaule. *Gabriel voulait te tuer en premier. C'était de la légitime défense. T'avais pas le choix.* Malgré ses tentatives pour se déculpabiliser, le malaise persiste, empire. Une soudaine nausée le plie en deux. Il s'écroule, se retrouve à genoux. Vomit dans l'espace entre ses mains.

— *Merde.*

— Ange, s'il te plaît…

Il dirige son regard vers Malory, qui se tortille sur sa chaise, visiblement peu affectée par le crime qui vient d'être commis. Tout près, Patrick reprend son souffle, mais ne semble pas vouloir les attaquer. Ange s'oblige à se ressaisir. Il se lève et s'approche de son ex, tenant la fléchette qu'il a retirée de sa peau – l'autre est tombée plus loin pendant qu'il se battait avec Gabriel. Il utilise la pointe effilée contre le ruban qui la retient toujours à son fauteuil.

— C'est fini, Mal, dit-il tout en s'exécutant. On a trouvé la victime.

— C-c-comment tu sais ? Je… je comprends pas…

— Je sais pas comment il a fait, mais l'alcool qu'on a bu… il contenait une sorte de drogue. Tu te souviens pas ? On est tous tombés les uns après les autres… sauf Gabriel. Il… Il allait nous attaquer. Je l'ai vu. Une sacrée chance que Patrick a pensé au bouton d'urgence.

L'actuaire secoue la tête.

— Bah ! vous auriez fait pareil. Mais je dois te contredire sur un point, Ange : c'est *pas* fini. Regardez, le compte à rebours court encore. Va savoir ce qui nous attend si on n'ouvre pas la porte à temps. Je suppose qu'*après*, on sera sauvés.

— En parlant de compte à rebours… Je vois que t'as plus le chronomètre, mais que t'as encore la montre, constate Malory. Il est quelle heure ?

Il baisse le regard sur son poignet :

— Onze heures, mais ça ne devrait plus rien changer. On va bientôt sortir d'ici…

Ange achève de libérer le premier bras de Malory. Commence à s'acharner sur le second côté, tandis que Patrick s'approche du panneau lumineux, qui affiche désormais deux heures neuf minutes.

— Impossible de l'enlever du mur, annonce l'actuaire au bout d'un moment. Ou d'arrêter le décompte. Et le clavier a juste les chiffres de un à neuf. Faut qu'on trouve le code.

Le ruban se décolle de la peau de Malory, qui secoue son bras.

— OUTCH ! *PUTAIN*, ça fait mal ! Bon, je pense qu'on a assez perdu de temps. Si on veut pas finir comme Kariane, faudrait s'y mettre.

Tous trois s'avancent vers le cadavre, retenu au mur par d'*immenses* clous plantés dans le corps à la hauteur des poignets, des coudes, des épaules, des genoux, des chevilles, et même des hanches. Un pied pend mollement, comme si l'os avait été fracturé durant l'installation. D'autres clous, gros comme des pieux, ont été utilisés pour le pubis et le cou. Ange ne peut s'empêcher d'espérer que Kariane était déjà décédée au moment où elle a été crucifiée. Puis il se souvient du cri de souffrance qui l'a tiré de son inconscience. Et de nouvelles nausées lui soulèvent l'estomac.

Sans arracher de seringues, Patrick allonge le bras et retourne une des queues d'âne en papier. Au verso, un chiffre est inscrit : « 2 ». Une autre queue affiche : « 7 ». Et encore une autre : « 3 ». À première vue, un chiffre est inscrit derrière chaque queue, mais rien n'indique comment les ordonner. Ni lesquels sont les bons.

— Putain, lâche Malory, comment on sait quel est le code ?

Elle s'apprête à tirer sur un papier, mais Patrick l'arrête d'un geste :

— Attends. Leur emplacement pourrait être important.

— D'accord. Alors, t'as une idée de génie, l'actuaire ? Parce que les chiffres, ça devrait être ton fort, non ?

Patrick soupire, et passe une main dans sa chevelure :

— Il y a peut-être des indices cachés quelque part. On devrait commencer par fouiller la pièce, voir si on en trouve.

Ange remarque alors combien son regard semble fatigué, et combien ses traits paraissent tirés. *On a probablement tous une mine aussi horrible*, réalise-t-il. *Pourvu que cette histoire de malheur soit réellement terminée quand on sortira enfin d'ici.*

SI on sort d'ici… se corrige-t-il, parcouru d'un désagréable frisson.

PATRICK
24 JUILLET
23 H 38
TEMPS RESTANT AVANT LA FIN DU DÉFI :

05:22

Patrick a l'impression que le temps s'écoule à la fois trop vite et trop lentement. Il reste moins de cinq heures trente avant la fin officielle du défi. Et une heure vingt seulement avant celle du « jeu » de la queue de l'âne. Depuis un moment, il fait perdre leur temps à Malory et à Ange : sa suggestion de fouiller la pièce n'était qu'un moyen pour se donner l'occasion de réfléchir. Et de découvrir le code sans avoir à leur dévoiler qu'il leur a menti pendant la résolution de l'énigme du cube.

Sa version de l'histoire concernant Jennifer, la jeune femme mariée à l'origine de la recette du « Jenn's secret », était totalement inventée. Et partager cette information risque de retourner les deux autres contre lui. Ce qu'il préfère éviter, dans la mesure du possible.

— Y a rien, nulle part ! s'impatiente Ange après avoir ratissé chaque recoin des sièges en cuir pendant une bonne vingtaine de minutes.

Malory, qui a arraché et examiné chacun des panneaux acoustiques, envoie un coup de pied dans le mur.

Sans se concerter, les deux ex se retrouvent à proximité du cadavre et entreprennent d'examiner chaque queue d'âne de près, de même que les seringues plantées dans le corps. Le temps file. Malory tourne un regard furibond vers Patrick, qui effectue des allers-retours dans la pièce :

— Putain, t'as pas envie de te rendre utile ?!

— Je réfléchis, *moi*, répond-il en se frottant le crâne.

Depuis qu'il s'est fait frapper à la tête par Quentin, la douleur n'a cessé d'empirer. Ses blessures au mollet et à la main ne se portent pas mieux. Et l'accumulation de stress, de malnutrition, de fatigue et de poison commence sérieusement à lui peser sur le système.

Or, il a beau retourner la situation dans sa tête dans tous les sens, il ne sait pas comment avouer qu'il connaît la solution sans se trahir. Reste donc l'option de taper le code sur le clavier sans attirer l'attention. Une fois la porte ouverte, Malory et Ange n'auront pas de raison de le questionner. Non ?

Arrivé à cette conclusion, Patrick ne voit pas l'intérêt de demeurer dans cette prison plus longtemps. Il doit inventer un prétexte pour s'approcher de l'issue :

— Je vais essayer de décrocher le projecteur, voir s'il n'y aurait pas un truc caché dedans.

Ange et Malory acquiescent, et Patrick grimpe sur un siège pour atteindre l'appareil installé au plafond. Sans difficulté, il l'enlève de son support et arrache les fils. Puis il s'approche subtilement de la porte en s'assurant qu'aucun des deux autres ne lui accorde d'attention.

Mais c'est son regard qui justement le trahit.

Merde.

Malory, de toute évidence, le surveille depuis un moment. Elle se penche et, malgré son doigt blessé, sort de sa botte le couteau – que Patrick avait complètement oublié. Lui-même a laissé tomber son arme dans la forêt lors de son altercation avec Gabriel.

Elle le rejoint en quelques enjambées :

— Ne bouge plus, sale hypocrite, et dis-moi ce que tu allais faire sur le panneau, comme ça.

— Merde ! Calme-toi, Mal. J'allais pas…

D'un bond, elle s'approche encore. La pointe de son arme n'est plus qu'à quelques centimètres de la gorge de Patrick.

— Te fous pas de moi, salaud.

— Je… je connais le code, admet-il en s'interdisant de détourner le regard. J'allais le…

— Ben oui, et moi, j'ai un troisième sein caché dans le dos.

Refusant de baisser sa garde, elle se déplace pour lui bloquer le chemin. Ange la rejoint.

— Je te fais pas confiance, enchaîne Malory. C'est quoi, ton code ? Et pourquoi tu nous l'as pas dit plus tôt ? Tu voulais te sauver et nous emprisonner ici, c'est ça ?

Ça aurait été une sacrée bonne idée, ça.

— Sept, neuf, six, deux. Essaie, tu vas voir, ça va marcher. J'avais juste pas envie d'expliquer pourquoi je le savais. C'est pas la fin du monde, bordel.

Malory jette un œil sur le panneau lumineux.

— Et si ça marche pas, qu'est-ce qu'il va se passer ?

Elle obtient un haussement d'épaules en guise de réponse. Manifestement, Patrick n'en sait rien.

— Reste même pas quarante minutes avant la fin du jeu : je veux tes explications, mais ne tourne pas autour du pot. On n'a pas de temps à perdre. Et puis, c'est *moi* qui vais décider si on l'essaie, ton code. Allez, va t'installer sur un siège. Je t'écoute.

Patrick secoue la tête, découragé, mais s'exécute. Il pointe ses côtes, où se situe la longue cicatrice qu'il leur a montrée pendant le « jeu » précédent, puis tente de résumer l'histoire le plus simplement possible :

— Pendant la résolution de l'énigme du cube, je vous ai raconté n'importe quoi à propos de l'histoire concernant Jennifer et notre liaison.

— Ça commence bien…

— Elle n'était pas mariée. J'ai couché avec elle pas mal de fois, oui, mais en plus d'être une barmaid, c'était une junkie. Je leur vendais de l'héroïne, à elle et à sa cousine. La cousine a chopé le sida dans un lieu de consommation, et Jenn, elle s'imaginait que c'était ma faute. Aucun rapport. Dans sa tête, j'étais responsable de sa dépendance, du fait qu'elle allait dans des endroits pas *clean*.

— Elle n'avait pas tort, je dirai.

Patrick doit serrer les poings pour garder son calme.

— Un soir, les deux filles m'attendaient chez moi avec une seringue contaminée, déterminées à me transmettre ce putain de virus.

Patrick marque une pause, cherche les mots. Malory s'impatiente :

— *Quoi* ?! Qu'est-ce que tu lui as fait ? Accouche !

— Je me suis fâché. Et je lui ai planté la seringue qu'elle me destinait à quatre endroits différents. Et Jenn a chopé cette maladie de malheur. Ma cicatrice, c'est parce qu'elle s'est défendue avec une bouteille cassée.

Il s'est retrouvé à l'hôpital, et les policiers ont ouvert une enquête, mais ses avocats ont rapidement étouffé l'affaire. Et Jennifer a fait une overdose un mois plus tard. Le Corrupteur a donc dû retrouver la cousine et la faire parler…

— Putain, c'est vraiment tordu, ton histoire. D'accord, ça explique les seringues sur le corps de Kariane. T'es vraiment sûr de l'ordre et de l'emplacement des…

— Oui, tranche-t-il. Je me souviens de ce moment-là comme si c'était hier.

— T'as pas intérêt à nous mettre dans la merde. Parce que tu passeras pas la nuit, sinon.

Malory profère la menace en pointant son couteau vers lui, avant de se diriger vers le panneau à reculons. Elle demande à Patrick de répéter les chiffres, appuyant au fur et à mesure sur les touches. Le décompte disparaît, suivi d'un « bip », puis d'un message vocal, émis par une voix de robot féminine : « UNE TENTATIVE RESTANTE – INCINÉRATION IMMINENTE. » Le compte à rebours recommence ensuite à courir comme s'il ne s'était jamais arrêté : il leur reste seulement dix-neuf minutes. Mais de multiples déclics se font entendre. Au plafond, les supposés haut-parleurs – qui n'étaient finalement qu'une façade – s'ouvrent pour laisser tomber une pluie d'un liquide à l'odeur prononcée. *De l'essence !* Patrick se fait asperger la moitié du corps.

Il sent son estomac se nouer. Un gémissement franchit ses lèvres, tandis que les cris de colère et de surprise de Malory et d'Ange l'assourdissent.

Bordel, il fallait vraiment que ce soit ça ?

Sa plus grande phobie a toujours été de mourir brûlé vif.

MALORY
25 JUILLET
00 H 47
TEMPS RESTANT AVANT LA FIN DU DÉFI :

04:13

— Et si on l'ouvrait ? Le code est peut-être dans son ventre ?

— Bordel, Mal ! Tu penses pas vraiment…

— Peut-être que les seringues et les queues, c'était juste un moyen de nous faire perdre notre temps ? suggère Malory, ignorant l'intervention d'Ange.

Elle caresse avec la pointe de son couteau l'abdomen de Kariane, là où une cible est peinte. Le temps est presque écoulé. Une fois le moment de panique passé – et le temps d'une querelle pendant laquelle elle ne s'est pas gênée pour insulter l'actuaire –, ils recommencent à chercher une solution. Les étouffantes vapeurs d'essence amplifient leur sentiment d'urgence. La ventilation est déficiente, et l'odeur stagne, menaçante, même si leur cerveau commence à s'y accoutumer. Les gorges et les yeux piquent. Malory est victime de nausées et d'étourdissements de plus en plus fréquents.

Patrick rejoint Malory à côté du cadavre :

— La peau du ventre est intacte. Rien ne montre qu'elle a été ouverte. Comment le Corrupteur pourrait avoir caché quelque chose là ? Tu crois qu'il l'aurait forcée à avaler un truc avant de la tuer ?

— Peut-être dans son dos ?! suggère Ange d'une voix excitée, comme s'il venait d'avoir l'idée du siècle. Et puis, on avait tous des fléchettes en se réveillant. Avec la cible, ben… Je crois que t'as raison, Mal, on s'est trompé de jeu ! On était tellement concentré sur…

— Faut décrocher Kariane, l'interrompt Patrick. C'est forcément là.

Le cadavre de la Française est cloué si solidement au mur qu'il bouge à peine lorsqu'ils tentent de le faire tomber. Et impossible de sortir les clous. L'actuaire se gratte la tête :

— Bordel… on va y aller un membre à la fois. OK ?

Comme Kariane est crucifiée à l'envers, les jambes, à peu près à la hauteur de leur visage, semblent le meilleur endroit pour débuter. Ils s'emparent tous de la droite, Malory sentant à peine ses blessures tellement l'adrénaline pulse avec force dans ses veines. Les dents serrées, elle entame le décompte :

— À trois, d'accord ? Un… Deux… Trois !

Ils tirent d'un geste simultané. Dans une succession de craquements secs et humides, la cheville se libère. Traversé lui aussi d'un clou, le genou offre davantage de résistance. Ils doivent redoubler de force. Un bruit sinistre glace le sang de Malory lorsque le membre se dégage enfin. L'articulation, complètement détruite, plie à l'envers, laissant voir, par l'orifice, un os et des muscles déchirés. Seuls des lambeaux de chair rosée demeurent accrochés aux clous. Patrick, Ange et Malory reculent d'un mouvement spontané. Et la jambe mutilée pend désormais à l'avant du cadavre dans un angle peu naturel.

Ange s'appuie contre le mur, plus pâle que jamais. Malory envisage de le rejoindre, mais Patrick l'attrape par le bras :

— Pas de temps à perdre. Il reste même pas dix minutes. Faut continuer.

Ange soupire, s'essuie le front sur la manche de son pull, puis s'approche une nouvelle fois du corps. Les deux hommes s'agrippent à la jambe, Malory, au pied et… ils…

… tirent.

C'est seulement en s'exécutant que Malory réalise à quel point la cheville était déjà en piteux état, charcutée même, comme si la personne ayant enfoncé le clou avait recommencé à plusieurs reprises – ou que la victime s'était débattue comme une damnée avec ce pieu coincé dans l'articulation. L'os cassé, la chair restante offre peu de résistance. Les tendons se déchirent. Et le pied reste dans les mains de Malory, qui hurle à présent comme une déchaînée. Elle laisse tomber l'organe sur le tapis imbibé de sang. S'essuie frénétiquement les paumes sur son pantalon et court se réfugier à l'autre bout de la pièce.

— C'est dégueulasse. PUTAIN, c'est dégueulasse ! Je touche plus à ÇA !!! *MERDE* ! *MEEERDE* !

Malory s'appuie sur le dossier d'un fauteuil, et s'évertue à reprendre le contrôle de sa respiration. Quand elle trouve le courage de regarder à nouveau le cadavre, les deux jambes pendent mollement à l'avant du corps. Ange frotte ses mains, les traits sévères, déjà prêt à continuer. Il se tourne vers Malory, probablement pour s'assurer qu'elle va bien. Et quand celle-ci remarque la détermination dans le regard de son ex, elle chavire.

Il brille. Aucune faiblesse ne se dégage de lui. Comme le jour où elle l'a trouvé dans cette ruelle du quartier Saint-Roch, décidé à mourir. Inébranlable dans ses convictions tordues et malsaines.

PATRICK
25 JUILLET
00 H 52
TEMPS RESTANT AVANT LA FIN DU DÉFI :
04:08

Ange et Patrick n'ont pas besoin d'échanger un mot. D'un même geste, chacun s'empare d'une jambe et tire pour décrocher le tronc de Kariane du mur. Celui-ci refusant de coopérer, Patrick doit planter solidement ses pieds dans le sol et déployer toute la force encore à sa disposition. Le corps se libère des clous insérés à la hauteur du bassin. Un répugnant bruit de déchirure accompagne les hommes dans ce nouvel élan maintenant freiné à la hauteur des épaules de la morte.

La peau du dos est restée attachée au mur. Comme… *collée*. Jaunâtre, elle évoque un bas qui aurait été retourné à l'envers. En plus humide et plus sanguinolent. Les pourtours sont nets, note l'actuaire ; quelqu'un les a forcément tracés au couteau *avant* de clouer Kariane au mur.

Kariane n'est désormais retenue à la paroi que par ses épaules et ses bras. Son corps est disloqué, les jambes sont appuyées mollement au sol. Le dos courbé, dépourvu de tissu cutané, laisse voir les muscles rosés et une sorte de film blanc. On distingue clairement l'emplacement des côtes sous la chair.

Ange s'appuie sur ses genoux, prend plusieurs inspirations. Plus loin, Malory a détourné le regard.

Patrick en profite.

Il tire sur un clou dont l'assise dans le mur a faibli. Il l'arrache sans trop de difficulté, puis il déroule rapidement une manche de sa chemise pour l'y cacher.

— Putain, c'est *quoi*, ça ?! lâche Ange en se redressant. Ça nous donne pas de code !

Patrick regarde le compte à rebours.

Cinq minutes.

Sur le point de perdre l'esprit, il songe que la moindre étincelle pourrait mettre fin à ses jours. Visualise un peu trop clairement l'explosion causée par les vapeurs d'essence. Il peut presque sentir l'odeur carbonisée de la viande humaine. La souffrance indescriptible de la mort par le feu.

— Non, on est sur la bonne voie, s'oblige-t-il à dire. Le Corrupteur ne se serait pas donné le mal de… faire tout *ça*… pour rien.

— OK, mais… on fait quoi ? demande Malory en s'approchant. C'est quoi le rapport entre la cible sur le ventre et la peau collée sur le mur ?

Patrick réfléchit à voix haute :

— La cible indiquait peut-être l'emplacement de ce qu'on cherche. Ça peut vouloir dire que la peau est juste un obstacle pour l'atteindre.

Quatre minutes.

Il tend une main à la chanteuse :

— On n'a pas de temps. Donne-moi ton couteau.

— Quoi ?! Non, t'es malade, putain. Je vais m'en occuper.

Elle s'agenouille à côté de Kariane, et prend le couteau sans plier son index blessé. De l'autre main, elle saisit un bout de peau et entreprend de passer la lame entre l'épiderme et le mur. Elle est peu précise et, bientôt, un bout de tissu découpé lui reste entre les doigts. Malory grimace et le laisse tomber.

— Bordel !

Patrick s'apprête à lui arracher l'arme des mains quand elle se remet au travail, plus efficacement. Cette fois, un grand bout de peau se décolle du mur, avec une plaque de peinture et de plâtre. La chanteuse lance un nouveau juron :

— *Merde* ! Je ne sais pas ce que c'est que cette colle, mais elle est sacrément efficace !

Trois minutes.

L'estomac de Patrick se noue davantage. Il réalise qu'il est en train de se tirer les cheveux, trop fort.

— Dépêche-toi, bordel, on n'a presque plus de temps !

Malory tourne un regard furieux vers lui :

— On fait quoi si le code est écrit sur le mur, et qu'on le perd en arrachant la peau ?

L'hypothèse glace le sang de Patrick, qui s'efforce pourtant de rationaliser :

— *Merde. Merde*… Ça peut pas être ça ! Et puis, si c'est ça, on est quasiment morts de toute façon. Faut juste chercher quelque chose qui serait caché derrière la peau.

La chanteuse se remet au travail. Patrick s'installe à côté d'elle et arrache tant bien que mal la peau restante à l'aide de ses ongles. Le couteau de Malory passe à un cheveu de lui trancher un doigt, mais il s'en soucie à peine. La seule idée qui occupe désormais son esprit est l'imminence de l'incendie.

Deux minutes.

— J'ai quelque chose ! crie Malory.

Entre la peau et le mur, on voit la bordure d'une photographie protégée par un petit sac en plastique. La chanteuse dépose le couteau, puis parvient à retirer le nouvel indice. Patrick a le temps d'y apercevoir des inscriptions manuscrites, en rouge. *Des chiffres.* Sans parvenir à les lire. Les yeux de Malory, en se posant sur le cliché, s'arrondissent de surprise et d'horreur. Lorsqu'elle les relève pour dévisager Patrick, il devine aussitôt.

Elle a compris.

PATRICK
25 JUILLET
00 H 59
TEMPS RESTANT AVANT LA FIN DU DÉFI :

04:01

— C'est *toi* ! C'est toi, la victime ! Ça fait combien de temps que t'as compris, hein ? Espèce de…

— Bordel ! Mal, donne-moi ça ! Il reste cinquante secondes.

Elle bondit en arrière, recule son bras pour que la photo demeure hors de sa portée. Ange se place de manière protectrice entre Patrick et elle.

— Avoue-le ! insiste-t-elle. DIS-LE QUE C'EST TOI !

Quarante secondes. Trente.

— OUI ! C'est moi ! Je le sais depuis que je suis allé à ma voiture, quand j'ai voulu partir. Maintenant, donne-moi la putain de photo avant qu'on crève tous !

24 JUILLET, 7 H 35

Le grondement familier du moteur de sa Maserati rassure Patrick. Bientôt, il sera loin d'ici. Il pourra oublier cette histoire de malheur. Passer à autre chose. L'impatience lui titille le bout des doigts. Mais quand il bouge le levier de vitesse en position de recul, un doute sournois lui chatouille les entrailles. Comme Laïla s'est fait un plaisir de l'énoncer, il est possible que le Corrupteur punisse les fuyards.

Les mots de la blonde résonnent encore dans sa tête :

« Tu le sais, toi, ce qu'il va faire, le Corrupteur, à ceux qui s'enfuient ? Non ? Est-ce qu'il va les tuer ? Ou les laisser bousiller son défi ? »

Possible, aussi, qu'il soit la victime.

Une chance sur huit, après tout.

Comme par réflexe, il ouvre la boîte à gants pour s'assurer que tout est à sa place. Que son *stock* est toujours là.

Son cœur manque un battement.

Bordel.

Le pénis a disparu.

C'est Zeff qui lui a offert en cadeau ce phallus ridicule. Pour se moquer de lui. Mais Patrick a fait travailler sa créativité. L'objet inutilisé, vide en son centre, permet de cacher une quantité impressionnante de stupéfiants pour sa taille. Et il faut l'avouer, la forme phallique a l'avantage de rebuter les curieux. Une maigre protection au cas où les forces de l'ordre décideraient de s'intéresser à lui.

Dans le fouillis, Patrick remarque une autre chose qui ne devrait pas s'y trouver : une petite enveloppe. Pris d'étourdissements, il s'en empare et la décachette. Il en extrait un papier plié, où est inscrit un message en lettres manuscrites rouges : « Cher Patrick, nous nous doutions que vous voudriez vous enfuir, mais nous vous le déconseillons. Votre défi serait automatiquement considéré comme raté. »

Patrick émet une série de jurons. *MON défi* ?

Furieux, il frappe le volant. Puis, hésite ; il pourrait quand même s'en aller. Se sacrifier. Ou… tout avouer aux autres.

À cette pensée, il éclate d'un rire nerveux. Et coupe le moteur.

10 H 49

Il avance en direction du fleuve, tenant derrière lui une extrémité du drap enroulé autour du cadavre de Zeff. Très conscient de la présence de la clé du cellier dans sa poche arrière. Il a déjà brisé la petite chaîne la retenant à la bouteille de vin miniature. Il ne lui reste plus donc qu'à trouver un moyen de la faire tomber au sol subtilement pour que Quentin puisse s'en emparer et attaquer Laïla. Les autres se retourneront ensuite contre le gros idiot. Et les deux personnes les plus dangereuses pour lui seront mises hors d'état de nuire. Sans que Patrick ait *presque* rien eu à faire.

Il n'a aucune envie de se transformer en tueur… il planifie donc de laisser les autres se charger du sale boulot à sa place. Il pourrait même, à la limite, laisser les heures s'écouler tout en les induisant en erreur. Le défi de Patrick est de survivre. C'est son unique obligation. Si demain, à cinq heures du matin, il est encore vivant, le Corrupteur se chargera d'éliminer le reste du groupe.

Voilà pourquoi il a proposé cette mission stupide, celle de faire disparaître le cadavre de Zeff. Parce que si les autres continuent à observer la photographie, ils finiront par remarquer le sachet de coke dans la main de Laïla. Sachet qu'il a lui-même vendu à Zeff avant son départ pour Singapour…

Lorsqu'il sent que Quentin dépose les pieds du défunt chanteur qu'ils s'apprêtent à faire disparaître, Patrick suit son geste avec la tête. Puis il retire la clé de sa poche, la regarde. Et feint de la replacer, en ne remettant que la bouteille de vin à l'emplacement initial. En laissant la clé tomber au sol, il espère son geste assez subtil pour éviter que Quentin le pense intentionnel. Mais vu le QI diminué et l'ego surdimensionné de Quentin, l'actuaire n'en doute pas une minute.

Il donnera à l'imbécile juste assez de temps pour s'en prendre à Laïla, puis il préviendra les autres. S'ils le surprennent au sous-sol, couvert du sang de sa victime, ils ne le laisseront pas s'en tirer sans conséquences…

16 H 28

Pendant qu'Ange et Gabriel distribuent l'antidote à Laïla et à Kariane, Patrick observe le contenu du fameux cube par-dessus l'épaule de Malory : la photo de Quentin en possession de la pipette que Patrick lui a vendue, puis le phallus. Les indices pointent dans sa direction, mais de manière subtile. Avec un peu de chance, personne ne s'en apercevra.

Quand Ange propose de se réinstaller à la table octogonale, Patrick profite de l'occasion pour s'emparer du pénis. Quelque chose bouge à l'intérieur, annonçant que le Corrupteur ne l'a pas laissé vide. Ce salaud espérait-il que les « participants » cherchent comment récupérer l'item dissimulé ? Et détiennent ainsi un indice supplémentaire pour identifier sa victime ?

Patrick s'isole et actionne le petit mécanisme permettant à l'objet de s'ouvrir. Ne reste qu'un seul objet à l'intérieur, mais il n'aurait pu espérer mieux : une fiole de son mélange de GHB et de Rohypnol, un puissant sédatif. La quantité est beaucoup plus importante que celle qu'il a vendue à Quentin – qui était tout juste suffisante pour rendre une femme amorphe pendant une heure ou deux.

C'est d'ailleurs une chance que cet imbécile soit enfermé dans le cellier. Il a vu cette « cachette » lorsqu'il a acheté le stupéfiant. Et n'hésitera pas à le trahir.

Patrick n'aura finalement pas le choix de se salir les mains…

17 H 46

— D'accord. Pendant que vous débattez, moi, je vais me chercher un verre. Il doit bien rester une once de quelque chose *non empoisonné* au bar.

Patrick a de plus en plus l'impression de marcher sur une corde raide, forcé de calculer ses moindres gestes, ses moindres paroles, pour que personne ne le soupçonne. Comment persuader les autres de *ne pas* embarquer dans cette chasse aux indices sans paraître lui-même suspect ? Impossible. Il se retrouve forcé de suivre le cours des événements… et d'espérer que tout se passe pour le mieux.

Or, le lâcher-prise n'a jamais été son fort.

Il versera donc le contenu de la fiole dans une bouteille d'alcool. De gin, pourquoi pas ? Il en repère une, pas trop pleine, en s'approchant du bar. Il lui faudra éventuellement trouver un moyen d'attirer l'attention du groupe sur celle-ci. Peut-être en feignant de boire pour les inciter à l'imiter ? Après tout, l'alcool est une source réputée de courage…

Si ça fonctionne, la fin de son défi en serait *tellement* facilitée.

Patrick est assez intelligent pour se reconnaître tel qu'il est : un profiteur et un manipulateur prêt à mettre les deux pieds dans l'illégalité pour satisfaire ses besoins d'adrénaline. Il n'a pourtant jamais tué. N'a jamais eu l'intention de le faire, même lorsque cette salope de Jennifer a tenté de détruire sa vie à coups de seringue contaminée. Mais si les autres sont inconscients, peut-être pourra-t-il simplement leur mettre un sac en plastique sur la tête et laisser le temps – et le manque d'oxygène – réaliser son œuvre.

Et si l'un d'eux feignait de consommer le breuvage, comme lui ? Gabriel est de toute évidence du type suspicieux. Et plus brillant que les autres – ou plus observateur, du moins. Patrick n'aura qu'à feindre d'être lui aussi affecté par la drogue. Juste au cas où…

Il trouvera ensuite le moyen de tourner la situation à son avantage.

17 H 54

Patrick a réussi à attirer tout le groupe dans la forêt sur une fausse piste, loin de Quentin. Maintenant, il n'a plus qu'à…

— *Where is* Laïla ? Est-ce qu'elle est restée dans la *kitchen, all alone ?*

Bordel. Pourquoi rien ne marche jamais comme prévu ?

17 H 57

Il trouve Laïla dans la cuisine, cachée derrière l'îlot, l'air terrorisé.

— Qu'est-ce qui s'est passé ?

— Quentin. Il… Il était… ici. J'ai… j'ai paniqué. Je crois qu'il est parti dans le garage.

Patrick jette un œil sur les indices disposés sur la table. Quentin les a vus. Et comme il sait à qui appartient le pénis… il a forcément compris qui est la victime.

— OK. Va retrouver les autres dehors. Je vais m'occuper de lui.

Cependant, dès qu'il quitte la cuisine, Laïla entreprend de le suivre. Patrick bouillonne en son for intérieur, mais se retient de tout commentaire. Il allonge la lame de son couteau, prêt à affronter le gros imbécile.

Et ouvre la porte menant au garage, priant pour que tout se passe bien. *Pour une fois.*

Patrick lâche un juron en constatant que Quentin ne s'y trouve plus.

Mais il a dû se blesser en défonçant le mur de verre, puisque Laïla et Patrick découvrent quelques gouttes de sang menant à l'extérieur. Où a-t-il pu aller ? Certainement pas voir les autres, qui risquent de l'assassiner sans écouter son plaidoyer. Non. Patrick est convaincu que Quentin tentera de l'éliminer, *lui*, afin d'assurer sa survie.

— Il est peut-être rentré. On devrait aller faire un tour à l'intérieur, suggère-t-il.

Laïla acquiesce sans poser de questions. Ils passent le manoir au crible, jusqu'à revenir à leur point de départ, dans la salle à manger. C'est à ce moment-là que Quentin surgit par la porte extérieure du salon.

Patrick perd alors le peu de contrôle qu'il a sur la situation. L'accusation de Quentin fuse, un combat s'ensuit.

Laïla finit par croire l'imbécile. Voyant qu'elle s'apprête à rejoindre les autres pour leur révéler la vérité, Patrick panique. Il se détourne de son adversaire pour courir derrière Laïla. L'attrape, de dos et, sans même réfléchir, lui tranche la gorge.

Tuer s'avère moins difficile qu'il l'imaginait.

Mais Quentin profite du retournement de situation pour le frapper à la tête avec une statuette d'ange. Patrick se jette sur lui.

Le coup de couteau part. Quentin détale, paniqué.

Et Patrick perd connaissance.

25 JUILLET, 00 H 59

Malory dévoile le cliché sur lequel apparaît l'échange entre Patrick et Quentin, près de la Maserati : pipette contre argent. Et le phallus est bien visible. La photo semble prise en hauteur. Probablement d'une caméra, au plafond. Ange blêmit. *Il vient de comprendre qu'il a tué Gabriel pour rien*, devine Patrick. Alors, seulement, la chanteuse s'élance vers le clavier.

Cinq secondes, indique le décompte.

Elle commence à entrer le code inscrit sur l'image.

Zéro. Sept. Huit. Quatre.

Appuie sur « OK ».

Le décompte s'arrête à deux secondes de la fin. Le loquet s'ouvre.

Mais tandis que Malory tourne la poignée, prête à s'enfuir, Ange serre les poings et se rue sur Patrick.

ANGE
25 JUILLET
1 H 00
TEMPS RESTANT AVANT LA FIN DU DÉFI :

04:00

Ange n'a jamais ressenti une telle colère. Une telle indignation. Et celle-ci serait entièrement dirigée contre lui-même s'il ne l'orientait pas plutôt vers un autre être humain. Il a beau avoir conscience du cri de Malory, ça ne l'empêche pas de sauter sur Patrick et de lui envoyer un puissant coup de poing en pleine gueule.

L'actuaire, solide, accuse le choc. Réplique.

Ange bloque et frappe de plus belle.

Il va régler son cas à cet enfoiré prétentieux.

Il n'aurait jamais pensé pouvoir s'abaisser à ce point. Celui où il *veut* tuer.

Mais le voilà.

Sa rage le rend aveugle. Il ne voit même pas le clou métallique avant que celui-ci se plante dans ses côtes. La douleur explose. Patrick tire sur son arme improvisée pour l'enlever du corps d'Ange, qui a l'impression qu'on lui arrache une partie de son anatomie. Il s'entend hurler, dément.

Alors que Patrick tente à nouveau de le blesser, Ange évite la tige pointue. Frappe de plus belle. L'actuaire lâche *enfin* son arme. Les deux hommes roulent au sol dans un effort désespéré pour se l'approprier. Ange étire le bras, l'atteint presque. Mais Patrick en profite pour lui éclater le nez. Pendant une fraction de seconde, Ange devient aveugle.

Le clou pénètre dans sa gorge à un moment où il imaginait encore avoir une chance de gagner.

L'actuaire recule au fond de la pièce, reprend son souffle.

La dernière scène dont Ange est témoin est l'expression d'horreur qu'affiche le visage de Malory, qui court s'agenouiller près de lui. Puis sa vision s'obscurcit. Et il comprend que la fin est arrivée.

Sa fin.

Il ouvre la bouche dans une ultime tentative de dire à Malory de fuir. Que Patrick est trop fort. Mais le seul bruit qui s'en échappe est un gargouillis humide.

Il a échoué. Sur toute la ligne.

Adieu, Mal.

MALORY
25 JUILLET
1 H 02
TEMPS RESTANT AVANT LA FIN DU DÉFI :

03:58

Si vite. Ça s'est passé *si vite*. Malory n'a rien pu faire. Son regard, fixé sur les yeux sans vie d'Ange, est embrouillé par les larmes. Lorsque son ex a ouvert la bouche, a-t-il voulu lui dire une dernière fois qu'il l'aime ? Lui annoncer qu'il lui pardonne ?

— Ange, s'il te plaît. Ne me quitte pas. Ange ! *Ange* !

Mais il est trop tard, et elle le sait. Elle s'entend gémir. Le seul être vivant – à part elle-même – qui avait la moindre importance pour elle n'est plus.

Son cœur dysfonctionnel s'émiette.

— C'est terminé, mon bel Ange. Repose-toi.

Elle caresse sa chevelure soyeuse, y laissant une traînée écarlate. Embrasse son front. Puis relève la tête, furieuse, vers Patrick.

Qui pointe désormais sur elle le couteau qu'elle avait abandonné près du mur opposé, devant le corps de la Française. Dans sa confusion, elle l'avait complètement oublié.

— Tu vas mourir d'une manière ou d'une autre, Mal. Je peux te régler ton cas tout de suite, si tu veux.

Aveuglée par la rage, elle serre les poings. Cherche une ouverture, n'importe laquelle, pour prendre l'avantage. Patrick, confiant comme à son habitude, soutient son regard :

— C'est *vraiment* ce que tu souhaites ? Finir comme ton ex ? Comme Quentin et Laïla ? T'as aucune chance contre moi, Mal.

L'aveu de Patrick lui fait l'effet d'une claque au visage. *Bien sûr ! C'est Patrick qui a tué Laïla !* Ils ont été tellement stupides de ne pas le comprendre plus tôt. Ça aurait pu tous leur sauver la vie.

— Espèce de putain de vieux déchet. J'espère que le Corrupteur va te faire souffrir.

Sauf qu'il a raison ; elle n'a pas la moindre chance. Patrick est armé, et beaucoup plus fort qu'elle. Il parviendrait à la maîtriser en un rien de temps, comme il l'a fait avec Ange. Et elle n'a aucune envie que son existence s'achève ainsi : la gorge ouverte, à se vider de son sang. Alors, elle ravale sa rage et son orgueil… et s'enfuit en courant. Elle passe devant la porte blindée, le cellier, monte les escaliers de service et traverse la maison jusqu'à l'entrée principale. Patrick ne se donne même pas la peine de la poursuivre.

La noirceur est abyssale. Et l'humidité, étouffante. Pourtant, adossée à un tronc, Malory frissonne. Ses narines hument une odeur de terre et de végétation. Des moustiques l'assaillent. Dans son cou, une grosse bestiole bouge, lui arrachant presque un cri.

Elle chasse l'insecte et se recroqueville encore plus sur elle-même.

Elle ne savait pas où aller. L'intérieur du manoir n'était plus une option. Ni la cour. Elle s'est dirigée vers la forêt, trouvant le sentier grâce aux lumières s'échappant de l'habitation. Après avoir avancé à tâtons un moment – et avoir failli se crever un œil à au moins trois reprises, la chanteuse s'est effondrée.

Ange est mort. Zeff aussi. Les plans de Malory sont tombés à l'eau. Ses rêves sont détruits. Son existence est sur le point de l'être. Elle a le sentiment d'avoir été brisée. Elle abandonne.

Tant pis pour la putain de gloire.

QUENTIN
25 JUILLET
HEURE INCONNUE
TEMPS RESTANT AVANT LA FIN DU DÉFI :

INCONNU

Un hululement. Des clapotis. Un froissement. Le vent dans les feuilles. Une goutte. Une goutte. Une goutte.

Une pluie torrentielle.

Fouetté par une trombe d'eau, Quentin prend une soudaine inspiration, se sent comme ressuscité d'entre les morts. Son corps est ankylosé, engourdi. Sauf dans son ventre, où il a l'impression qu'un incendie fait rage. Son cerveau génère un chapelet de jurons qui, toutefois, ne franchissent pas ses lèvres.

Tandis que le ciel se déverse sur sa tête, il pousse sur ses bras pour se redresser. Réussit à la deuxième tentative.

Un éclair déchire les nuages, tel un gigantesque doigt d'honneur lancé par l'univers. *Manquait plus que ça.*

Les ténèbres règnent toujours. Le temps n'est donc pas écoulé. Quentin a encore une chance de venir à bout de Patrick. La vraie victime du Corrupteur.

Lorsqu'il a vu le pénis et la photo sur laquelle il vidait le contenu d'une pipette de drogue dans le verre destiné à Kariane, il a compris : la dope. C'était *ça*, le lien. L'indice.

Patrick doit mourir.

Ensuite, Quentin pourra rejoindre sa femme, ses jumelles. Se faire pardonner. Redonner un sens à sa vie.

Il se frotte les mains sur les cuisses, se lève. S'efforce de dégourdir ses membres.

Il a repris des forces.

Il peut y arriver.

MALORY
25 JUILLET
HEURE INCONNUE
TEMPS RESTANT AVANT LA FIN DU DÉFI :
INCONNU

La pluie a été intense mais de courte durée. Malory est trempée comme si elle avait sauté tout habillée dans une piscine. Elle ne ressent plus ni froid ni chaleur. Mais elle tremble toujours. Elle a l'impression que même son cadavre continuera de trembler quand elle sera morte.

Elle songe à Patrick, dans le manoir, où la pompe à chaleur maintient une température parfaite. Ni trop chaude. Ni trop froide. Il ne réalise probablement pas la chance qu'il a. *Les putains de riches.*

Un mélange de colère et de jalousie lui empoigne les tripes.

T'aurais pu être riche, toi aussi. T'es faite pour être célèbre. Pour chanter à Vegas. Mais à la place, ton corps va moisir dans un fossé. Qu'est-ce qui t'a pris d'abandonner ? En plus, si tu crèves, Zeff et Ange seront morts pour rien.

Malory imagine un futur où elle parviendrait à tuer Patrick : tous les médias voudraient connaître son histoire. Ses chansons deviendraient soudain les plus populaires des stations de radio.

Ça te ferait une sacrée belle pub, pense-t-elle en ricanant pour se remonter le moral.

Elle peut déjà deviner les gros titres : « Malory survit au Corrupteur », « "Zeff s'est éteint dans mes bras", raconte Malory », « La nouvelle chanson de Malory en l'honneur du drame qu'elle a vécu »… L'engourdissement qui s'était emparé de son corps et de son cerveau est soudain chassé par une brusque décharge d'énergie. Elle observe le ciel, noir.

C'est pas encore fini.

Elle doit trouver un moyen de faire tourner le vent en sa faveur.

Quelqu'un approche. Les pas sont pesants. Malory sent sa poitrine se serrer. Patrick a-t-il finalement décidé de venir l'achever ? Du bout des doigts, elle tâte le sol à la recherche d'un caillou ou d'une branche ; n'importe quelle arme conviendra, tant qu'elle prend son adversaire par surprise.

Il continue d'avancer. Lentement. Le cœur de Malory, lui, accélère. Elle trouve une grosse pierre. S'accroupit, prête à frapper. Mais l'individu passe quelques mètres plus loin et se dirige vers le manoir. Il va la contourner sans la remarquer.

Quelque chose cloche.

Pourquoi Patrick – si c'est bien lui – marcherait-il en direction de l'habitation au lieu de la quitter ? D'où arrive-t-il ? Et pourquoi son souffle est-il rauque, comme s'il était blessé ? S'est-il battu avec Quentin ? Ou… *Oh ! C'est peut-être Quentin !*

Un allié potentiel.

Mais… comment savoir ? Il fait si noir qu'elle n'y voit pratiquement rien. Et l'homme s'éloigne déjà. L'occasion va lui échapper.

Hé, merde…

Elle serre les dents. Décide de prendre le risque :

— Quentin ? C'est toi ?

L'individu se fige. Cinq secondes s'écoulent.

Dix.

Malory n'en peut plus.

— M-m-mal ?

Elle recommence à respirer. Sans lâcher son arme improvisée, elle se redresse et effectue quelques pas vers l'autre, prudente :

— C'est Patrick, la victime du Corrupteur, annonce-t-elle.

— Je sais. J'ai vu le dernier indice, et je savais que… Bah ! c'est pas important. Ils sont où, les autres ?

— Il reste juste nous deux.

— Merde. Même Tom ? Et Patrick, il est où ? Dans le manoir ?

Elle s'étonne qu'il ne soit pas au courant pour Thomas. Mais c'est vrai : Quentin est resté enfermé durant une bonne partie de leur défi. Personne n'a pris la peine de l'informer de peur qu'il pète un plomb. Déjà qu'il n'était pas le participant le plus stable sur le plan émotionnel.

— Thomas est… euh… T'énerve pas là, mais, tu sais, quand t'étais dans le cellier… ben, on l'a trouvé dans la piscine… mort.

Elle le laisse encaisser la réponse pendant quelques secondes avant de poursuivre :

— Et oui, à ma connaissance, Patrick doit être à l'intérieur. Toi, ça va ? Il a dit qu'il t'avait blessé…

Plutôt que de répondre, Quentin recommence à avancer.

— J'sais pas quelle heure il est, grogne-t-il, mais on n'a pas de temps à perdre. On doit se débarrasser de ce putain de crétin arrogant avant qu'il soit trop tard.

— Attends. Faut réfléchir. Pat, il est pas con. Il sait qu'on peut se pointer n'importe quand. Il nous faut un plan. Une arme, au moins.

— T'as intérêt à avoir une foutue bonne idée, Mal, parce que…

— La pelle ! s'exclame-t-elle, stimulée par sa soudaine inspiration. Celle pour enterrer Zeff. Elle est en métal, et elle est solide.

Quentin grogne :

— T'es malade si tu penses qu'on va trouver ça dans le noir, comme ça.

Elle entreprend néanmoins d'avancer dans la direction où le corps a été abandonné, soulevant les avant-bras devant son visage pour se protéger et écarter les branches. Elle tend l'oreille : Quentin va-t-il la suivre, ou pas ?

Malory soupire, soulagée, lorsqu'elle constate qu'il lui emboîte le pas.

— Je t'avertis : si on se met à tourner en rond, Mal, je me tire.

PATRICK
25 JUILLET
4 H 00
TEMPS RESTANT AVANT LA FIN DU DÉFI :

01:00

Patrick est assis sur un tabouret de bar dans le salon, ses yeux oscillent entre l'horloge murale et la montre de Thomas. Son mollet blessé lui fait souffrir le martyre. Et sa faiblesse généralisée a continué d'empirer, bien qu'il ait tenté de s'alimenter. L'évidence devient de plus en plus criante : le poison du Corrupteur s'apprête à l'achever. Heureusement, le temps est presque écoulé. Son défi sera réussi dans une heure. Enfin, il aura l'antidote.

Et il sera libéré de cette prison.

QUENTIN
25 JUILLET
HEURE INCONNUE
TEMPS RESTANT AVANT LA FIN DU DÉFI :
INCONNU

Quentin avance, une main sur sa blessure, l'autre devant les yeux pour éviter de se faire éborgner. Lorsqu'il a accepté de suivre Malory, il n'avait pas compris que la marche en forêt prolongerait *autant* son calvaire. À présent, il regrette sa décision.

— Je te dis qu'on y est presque, j'en suis sûre. J'ai vraiment un bon sens de l'orientation.

C'est ce qu'elle prétend depuis au moins dix minutes. Et s'il était moins occupé à souffrir, il ne se serait pas gêné pour le lui faire remarquer.

— Oublie la pelle. Ce serait bien plus simple de trouver une grosse branche, putain.

Elle s'immobilise et se tourne vers lui. C'est à peine s'il distingue son visage.

— Une *branche* ? Tu te moques de moi, là ? Pat, il va se foutre de nos gueules, si on se pointe devant lui avec le bâton de Gandalf.

Elle prend une profonde inspiration, puis lui agrippe le bras.

— Attends... dit-elle d'une voix fébrile. Tu sens pas une odeur ?

PATRICK
25 JUILLET
4 H 34
TEMPS RESTANT AVANT LA FIN DU DÉFI :

00:26

Toujours aucun signe de Malory qui, de toute manière, ne l'effraie pas. Patrick aurait préféré épargner Quentin, Laïla et Ange. Mais leurs morts sont à porter au compte du Corrupteur. Pas au sien. *Pas vraiment.* Et contrairement à ce qu'il croyait au départ, il n'hésitera pas à recommencer. Si cela s'avère nécessaire.

J'ai survécu. C'est tout ce qui compte.

Il a bloqué la totalité des portes, y compris celle qui sépare le garage de la maison. Aucune chance que quelqu'un entre sans qu'il s'en aperçoive. Et depuis un moment, il se bat contre une envie grandissante de céder à l'appel des bouteilles du bar. Il résiste, cependant ; il doit garder l'esprit clair. Demain, il aura tout le loisir de sombrer dans l'alcool et la drogue.

Peut-être même s'autorisera-t-il à décompresser totalement pendant une semaine entière. Il a besoin de vacances, après tout. Son employeur ne lui en tiendra pas rigueur.

Quatre heures trente-cinq.

Il s'est aussi déniché une nouvelle arme, après avoir abandonné le misérable couteau de Malory dans la salle de cinéma. Patrick a plutôt opté pour une grosse clé à tuyaux qui se trouvait dans le garage.

Quatre heures trente-six.

Un bruit infernal de verre brisé le fait sursauter. Patrick bondit sur ses pieds et pivote pour se retrouver face aux immenses fenêtres. Là, le visage déformé par la rage, Quentin frappe une vitre, enchaînant rapidement les coups. Il agrandit l'ouverture à l'aide d'une grosse pierre, sans même paraître se soucier des multiples coupures et du sang qui s'écoule de sa main. Le fragile matériau n'a aucune chance face à l'acharnement déployé.

Quentin grimpe sur le rebord de la fenêtre, entre dans le salon. Les morceaux de verre craquent sous ses pas tandis qu'il s'avance vers Patrick. Sa respiration est laborieuse, saccadée. Son teint est pâle. Mais la rage aveugle qui suinte de son regard achève de terrifier l'actuaire, qui raffermit sa prise sur la clé à tuyaux.

Son attention est cependant détournée vers la fenêtre, que Malory est en train de traverser, armée de la pelle abandonnée près du corps de Zeff.

Déterminé à sauver sa peau, Patrick se tourne vers Quentin juste à temps pour le voir prendre son élan et lancer la pierre dans sa direction.

Merde.

En évitant de justesse le projectile, il recule et se cogne contre la table de bar où Gabriel avait abandonné la bouteille de gin empoisonné – après avoir feint d'en consommer. Pour contre-attaquer, Patrick agrippe le contenant et le lance en direction de son adversaire, qui l'esquive. Il replace ensuite la clé à tuyaux dans sa main dominante.

Pile au moment où Quentin se jette sur lui.

Tout va trop vite.

Malory arrive ; elle assène un coup de pelle sur le mollet blessé de l'actuaire. Patrick pousse un hurlement et tombe à genoux. Son arme lui glisse des mains. À mains nues, il tente d'atteindre ses assaillants, sans parvenir à les toucher. Un objet dur s'abat sur son visage, fait exploser la douleur.

— Arrêtez ! Ahhhh ! *Arrêtez* !

La tête lui tourne. Patrick ignore où se trouvent ses ennemis. Il frappe dans le vide. Encore. Et encore. Son poing percute une cible, enfin. Le gémissement de Malory se fait entendre. Mais Quentin le plaque au sol, commence à lui marteler le visage à coups de poing. Patrick tente de se protéger. En vain. Son nez craque, ses dents aussi. Le sang se répand dans sa bouche. Il tente de se libérer, mais les forces lui manquent. À chaque explosion de douleur succède la suivante. Sans cesse. La vision de Patrick n'est plus qu'un tableau abstrait aux teintes écarlates.

Jusqu'à ce qu'enfin, les ténèbres le délivrent.

QUENTIN
25 JUILLET
4 H 41
TEMPS RESTANT AVANT LA FIN DU DÉFI :

00:19

— Arrête ! Mais, *arrête*, espèce d'imbécile ! s'époumone Malory alors que Quentin frappe toujours l'actuaire, déterminé à l'achever.

Il freine l'élan suivant et remarque, satisfait, que Patrick a le visage bouffi et ensanglanté. Méconnaissable. Il doit déjà avoir une bonne commotion. Plusieurs os cassés, aussi.

Essoufflé, Quentin lève les yeux vers la chanteuse, dont le regard est traversé par une profonde noirceur : il peine à reconnaître celle qu'il a côtoyée durant les dernières vingt-quatre heures.

— Dans la salle de cinéma, lui explique-t-elle, en bas, on s'est fait asperger d'essence, et on a failli se transformer en barbecue. Patrick avait super peur. Je l'ai vu dans ses yeux. Je veux qu'il crève comme ça.

Quentin se passe une main sur le visage dans l'espoir de reprendre ses esprits. Y remarque les nombreuses coupures. Le sang. Il jure intérieurement. Et songe à toute la merde subie depuis la réception de la lettre du Corrupteur. Il lance un bref regard à l'horloge : Patrick DOIT être mort dans moins de vingt minutes. Sinon, c'en est fini d'eux.

— On pourrait le tuer, là, maintenant. Avec la putain de pelle que tu voulais tellement aller chercher.

— Tu comprends pas. Pat, je veux pas qu'il meure. Je veux qu'il *paie*, bordel. Je veux voir ses yeux quand il va comprendre son sort.

Quentin respire. Crache du sang.

À chaque seconde qui passe, il se sent contaminé par Malory, dont le corps irradie une rage venue d'un autre monde. Comme si elle revenait directement d'un séjour en enfer.

Mérite-t-elle une vengeance de cette ampleur ?

Il regarde autour de lui.

Pas de policiers.

Pas de juges.

Ni d'avocats.

La seule chose qui règne dans ce manoir, c'est la loi du plus fort. Celle du Corrupteur.

— OK, je te suis, s'entend-il dire. Mais si ça se met à traîner, je l'achève. On prend pas de risques. C'est clair ?

Elle hoche la tête.

— On va aller chercher Thomas aussi. Faut qu'il disparaisse. Sinon, ça pourrait me causer des problèmes.

Car même s'ils se trouvent hors de son champ de vision, les policiers, les juges et les avocats l'attendent au tournant. Il le sait.

Cette fois, Malory hésite.

— Il est dans la pièce de la piscine, finit-elle par révéler. Mais je te préviens... c'est pas beau à voir.

Quentin ignore la dernière phrase et se penche pour soulever les jambes de l'actuaire. La douleur dans son abdomen est à peine supportable, mais l'adrénaline lui fournit la force nécessaire pour avancer.

Ça, et le fait de savoir que ce fichu délire touche à sa fin.

Un gémissement, derrière, lui rappelle qu'il n'est pas le seul à avoir subi de multiples blessures. Malgré tout, ils traversent le salon, empruntent le couloir, et aboutissent, sans rencontrer de difficulté majeure, devant l'ascenseur. Ils laissent lourdement retomber l'actuaire. Malory appuie sur le bouton.

Patrick émet un gémissement. Il remue un bras. Malory fait claquer sa langue :

— *Merde*. Je reviens. Je me souviens avoir vu du ruban adhésif dans la buanderie. Et puis des allumettes.

Sans plus d'explication, elle s'élance dans le corridor. Quentin en profite pour envoyer un bon coup de pied dans les côtes de l'actuaire.

— Ta gueule.

La porte de l'ascenseur coulisse. Quentin s'empare des pieds de Patrick et le fait glisser à l'intérieur de la cabine, comme on jetterait un sac poubelle dans un vide-ordures. Il lui cogne la tête au fond du compartiment. Lorsque Malory réapparaît, moins d'une minute plus tard, elle s'accroupit à côté de l'actuaire pour le ligoter.

Quentin en profite pour s'éclipser vers la piscine, au fond du couloir.

Revoit en mémoire la fête de la veille au soir. Le DJ sur son estrade. Les verres. Le monde saoul. Les fêtards qui voulaient se coller à Zeff comme des mouches à merde. Et Thomas, appareil en main, qui cherchait une occasion de prendre ses maudites photos.

Il se fige en franchissant la porte.

Son beau-frère est méconnaissable ; son visage n'est plus qu'une bouillie de chair, d'os et de sang coagulé. Quentin sent des larmes lui monter aux yeux. S'efforce de les ravaler. Serre les poings.

— Putain, si je mets la main sur celui qui a fait ça, ça va chauffer, mon Tom, je te jure que je lui ferai regretter d'être venu au monde.

Il reconnaît à peine sa propre voix, déformée par l'émotion.

Sans regarder le cadavre plus que nécessaire, il le rejoint et le saisit par les chevilles. Il serre les dents sur sa douleur, et entreprend de remorquer Thomas à travers la pièce et le couloir, créant une longue traînée rouge sur le plancher.

Malory tient la porte de l'ascenseur ouverte pour le laisser entrer, avant d'appuyer sur le bouton du sous-sol. La cabine se met en mouvement, trop lentement au goût de Quentin qui sent une humidité sur son abdomen. Il soulève son pull souillé pour constater que le bandage est imbibé d'une bonne quantité de sang frais.

Bordel, mon vieux. Tu vas vraiment crever, si ça continue.

Cette constatation lui donne le sentiment de retomber sur terre. *Tu pourrais étrangler Patrick, et puis, ce serait fini. Qu'est-ce que tu attends ?*

Pourtant, quand les portes de l'ascenseur s'ouvrent, Quentin aide Malory à transporter le mort et le blessé jusqu'à la salle de cinéma.

Mal avait raison : ça sent sacrément l'essence. Lorsque son regard s'attarde sur le cadavre d'Ange, puis de Kariane, un nouveau trou paraît se creuser dans son abdomen. Quentin arrête de respirer ; la pièce disparaît graduellement devant ses yeux…

… jusqu'à ce qu'il reçoive une puissante gifle sur la joue.

— C'est pas le moment de tout foutre en l'air ! Réveille Patrick, je veux qu'il soit conscient.

Malory a déjà sorti un paquet d'allumettes de sa poche.

Putain, elle a complètement pété les plombs.

— Réveille-le toi-même, espèce de folle. Et puis, n'allume pas ça pendant qu'on est dans la pièce, bordel. C'est plein de vapeur d'essence ici ; y a zéro ventilation. Une étincelle, et on explos…

Son regard s'attarde sur Thomas. Il en perd le fil de ses propos. *Ça se peut pas, putain.*

Quentin s'agenouille à côté de son beau-frère. Lui prend un bras, l'examine.

— C'est quoi le bordel, là ? Comment ça se peut ?

Il s'empare de l'autre bras, se colle pratiquement le nez dessus pour être certain de ne pas se tromper. Derrière lui, Malory s'impatiente :

— Quoi ?! Qu'est-ce qui se pass…

— C'est PAS Thomas !

— *QUOI* ?!?

— Je te jure. C'est pas Thomas. Thomas, il a un tic de merde : il se grattait tout le temps les avant-bras. Il avait plein de traces d'ongles. Même que je l'ai vu saigner ce matin. Ce type-là, il a la peau super lisse. C'est. Pas. Thomas. Regarde ! Est-ce que tu vois des traces d'ongles, toi ?

Elle s'approche du cadavre.

— Non, mais…

— Y a pas de « mais ». C'est *pas* Thomas, je te dis !

— Ben, qui ce serait, alors ?

— Je sais pas, moi ! Il y avait un autre gars avec plein de taches de rousseur à la fête. Je l'ai confondu avec Tom pendant la soirée. Ça doit être lui !

— Mais si Thomas est pas mort…

— Il est vivant, putain ! Il est *vivant* !

Le soulagement de Quentin est bref ; un doute lui enserre déjà les tripes.

— Pourquoi ? s'interroge-t-il à voix haute. *Pourquoi* le Corrupteur aurait fait semblant de le tuer ?

Alors, il repense à l'accident de voiture. Aux photos laissées comme indices. Est-ce que Thomas peut *réellement* avoir joué un rôle dans toute cette histoire ?

La question s'est tout juste formée dans son esprit qu'il a la certitude de connaître la réponse.

— THOMAS ! MONTRE-TOI, BORDEL DE MERDE ! JE SAIS QUE TU ES VIVANT ! ET JE DOUTE PAS UNE PUTAIN DE SECONDE QUE TU M'ENTENDS !

Mais seul un silence dérangeant accueille sa colère.

— C'EST LE CORRUPTEUR QUI T'A FORCÉ ? OU IL T'A PROMIS QUELQUE CHOSE EN ÉCHANGE ?

Malory pose une main sur son bras :

— Quentin… j'ai pas l'impression que…

— Je vais tout dire à ta sœur. Ta vie est finie, mon Tom. Je vais te…

Un déclic retentit dans le corridor. *Ça y est*, pense Quentin en sortant de la salle de cinéma, talonné par Malory. Il voit alors son beau-frère, *bien vivant*, surgir par la porte blindée, fermée par un clavier numérique – celle que la moitié du groupe avait tenté de défoncer le matin même.

Thomas avance vers eux, laissant de nouvelles traces de pas dans la poussière de plâtre. Ses mains sont refermées sur la poignée d'un pistolet, dont le canon est pointé sur le duo.

Quentin sent ses jambes ramollir. D'instinct, il recule d'un pas et lève les paumes en position défensive :

— *Wow*, mec ! Baisse ça ! Qu'est-ce que tu fous avec…

— Tu t'imagines vraiment que ça me dérange ? demande Thomas, ignorant la réaction de son beau-frère. Ma sœur, elle me parle plus depuis des années.

— Hein ? Voyons ! Qu'est-ce que tu racontes ? Sabrina, elle…

— Elle me déteste, tu devrais savoir ça.

Quentin ravale sa salive, ne sachant plus quelle stratégie adopter. Il ne reconnaît plus l'homme qui se tient devant lui. Il sent l'intérieur de son abdomen se liquéfier.

— T'as qu'à expliquer aux flics que t'as été forcé de…

— Tu comprends rien. C'est *mon* choix d'être ici. Le Corrupteur, ce qu'il fait, c'est du pur génie. T'as vu les photos d'art morbide aux nouvelles, voilà deux semaines ? C'est le truc le plus…

— Putain, Tom. Tu t'entends parler ?

— *J'ai* envoyé mes photos au Corrupteur. *Toutes* mes photos. Pas juste celles que je t'ai montrées ce printemps. Et il m'a trouvé assez brillant pour me donner une chance de faire partie de son équipe, faut croire.

MALORY
25 JUILLET
4 H 54
TEMPS RESTANT AVANT LA FIN DU DÉFI :
00:06

Pendant que Quentin et Thomas discutent, le temps continue de s'écouler. Il ne reste sans doute que quelques minutes pour mettre fin au défi. Or, plutôt que de prévenir Quentin, Malory décide de retourner seule dans la salle de cinéma. Si les deux beaux-frères s'entretuent, tant mieux. Après tout… manipuler le public sera plus facile avec une seule version du récit.

Et qu'est-ce que tu vas faire, si jamais Quentin survit et refuse de cautionner TES explications ?

Son estomac se noue davantage. Ce serait un problème, est-elle forcée d'admettre. Mais un problème pour plus tard.

Pour l'instant, une chose importe, et rien d'autre : la victime. Patrick.

Elle le secoue avec l'intention de le réveiller.

Il gémit. Ses paupières bouffies s'écartent légèrement. Il a l'air confus. Souffrant. Et… *terrifié*. Le contrôle, le *pouvoir* que cette situation lui confère la grisent. Malory ne laissera plus jamais rien ni personne se mettre en travers de son rêve. Elle gouverne sa destinée.

Elle extrait une allumette du petit boîtier.

— Tu vas brûler sur Terre, et puis en enfer, Patrick.

Une lamentation incohérente s'échappe de la bouche de l'actuaire, amplifiant le sentiment de puissance qui consume désormais Mal tout entière.

QUENTIN
25 JUILLET
4 H 55
TEMPS RESTANT AVANT LA FIN DU DÉFI :
00:05

Quentin est habité d'un dangereux mélange de peur et de colère. Colère envers Thomas, mais principalement envers lui-même. Parce qu'il aurait pu prévenir cette merde. Si seulement il avait compris plus tôt à quel point Thomas était cinglé.

— Toi et tes putains de photos. J'aurais dû te dénoncer… Merde, j'avais la vérité en pleine face tout ce temps ! Mais, *pourquoi*, bordel ? Qu'est-ce qu'ils t'ont fait, tous ces gens qui sont morts ici ?!

Le regard de Thomas brille d'excitation, tandis qu'il avance d'un pas, sans jamais baisser son pistolet. Ses mains tremblent à peine. Celles de Quentin sont toujours levées de chaque côté de sa tête.

— Rien, répond Thomas. C'est le défi que le Corrupteur m'a…

— Va chier, c'est n'importe quoi.

L'insulte a franchi les lèvres de Quentin sans qu'il puisse la retenir. Thomas pince les lèvres, l'air un brin offusqué :

— Je ne me suis jamais senti aussi vivant. Aussi… à ma place. Le Corrupteur, il avait *besoin* de moi.

— Ben oui, hein, rage Quentin, qui contient de moins en moins bien sa colère. Fallait quelqu'un pour déclencher l'alarme incendie. Et puis, pour faire planter ma voiture dans celle de Kariane. C'est ça, hein ? Merde !

— Ça, et puis, plein d'autres affaires, acquiesce Thomas en hochant la tête. Ça paraît pas, mais regrouper tous ces gens, c'était pas si facile. On a dû établir des plans alternatifs pour les retenir au manoir si quelqu'un décidait de partir avant le début du défi. Et puis…

— Ta gueule. Tu me donnes mal au cœur.

Quelque chose sonne différent chez Thomas. Sa voix est plus confiante, moins hésitante. Quentin se trouve stupide de n'avoir jamais réalisé à quel point son beau-frère est dérangé.

— Et où ils sont où, les autres enculés, hein ? Ils se cachent là-dedans, eux aussi ?

Thomas laisse échapper un rire nerveux. Il semble soudain se souvenir de la présence du pistolet dans ses mains et redresse la pointe du canon.

— Vous étiez sur le point de foutre le feu, Quentin. Tout le monde est sorti par la trappe secrète qui donne sur l'extérieur. Il reste juste moi. Sinon, tu penses vraiment que je pourrais te parler ?

Quentin s'apprête à cracher une nouvelle insulte quand un gémissement de pure souffrance retentit en provenance de la salle de cinéma. *Patrick ! Putain, Thomas va tout faire foirer !*

Malory doit en être arrivée au même constat, puisqu'un regard confirme à Quentin qu'elle a déjà disparu dans la salle de cinéma. Plus inquiet que rassuré, il décide de reculer vers la pièce qui empeste l'essence, un pas à la fois, ses paumes toujours bien en vue pour éviter de se faire trouer par une balle de pistolet.

— Tu veux que je meure, c'est ça ? Je pensais qu'on était amis.

— Amis ? Tu as déjà vu deux êtres humains plus différents que toi et moi ?

Il marque un point, là.

— Je te déteste pas, Quentin. Y a rien de personnel là-dedans. Si j'avais voulu que tu meures, je t'aurais laissé saigner dans la cabane au lieu de m'occuper de ta blessure. Le dernier jeu, tu l'aurais fait aussi. T'as eu une seconde chance, et c'est grâce à moi. Maintenant, je peux plus rien faire.

Thomas entreprend de reculer en direction de la porte blindée, un pas prudent à la fois. *Il va disparaître, l'enculé.*

Y aura même pas de conséquences. À cette pensée, Quentin sent son corps se crisper. *Ah, non ! Ça se passera pas comme ça.*

Sa décision prise, il s'élance vers son beau-frère.

Et dans un fracas infernal, le coup de feu part.

MALORY
25 JUILLET
4 H 56
TEMPS RESTANT AVANT LA FIN DU DÉFI :

00:04

Malory s'apprête à frotter l'allumette sur le grattoir quand elle se fige, se souvenant de l'avertissement de Quentin. Elle risque d'y passer si elle s'exécute ici. Il lui faut sortir de la pièce. Sauf que là-bas, elle sera vulnérable : Thomas est armé. Il pourra lui faire la peau.

Pas le choix : elle devra s'occuper de lui aussi.

En plus, ce connard est responsable d'un tas de morts. Il *mérite* de crever.

En replaçant la boîte dans sa poche, elle remarque son couteau au sol. Celui avec lequel Patrick l'a menacée après avoir assassiné Ange. Elle se penche pour l'empoigner, puis court jusqu'à la porte.

Au moment où elle l'atteint, un coup de feu éclate.

Son cœur sursaute.

Malory jette un œil dans le couloir : Quentin, qui s'élançait vers son beau-frère, a bondi sur le côté pour éviter la balle.

Pendant un instant, Thomas paraît désorienté par la puissance de son arme. Malory en sait quelque chose, elle qui a déjà manipulé un neuf millimètres dans un champ de tir américain. Elle a bien l'intention d'en profiter. Gonflée d'adrénaline, elle se jette sur lui et plonge tandis qu'il tire – et qu'il rate – une nouvelle fois.

Elle fonce dans ses jambes. Réussit à le faire tomber. Et dans un bruit métallique, l'arme glisse sur le sol. Déjà, son adversaire se dégage pour aller la récupérer. Avec toute la rage que contient son corps, Malory plante le couteau dans la cuisse de son ennemi, qui pousse un cri de douleur. Elle le retire, l'enfonce à nouveau. Tente ensuite d'atteindre le pistolet, convaincue qu'elle va y arriver.

Cependant, Thomas se débat avec une force surprenante pour un maigrelet. Et avant qu'elle ait le temps de le devancer, un pied s'enfonce dans son sternum.

Elle n'a pas repris son souffle qu'un troisième coup de feu retentit. Assourdissant.

Si près.

Trop près.

QUENTIN
25 JUILLET
4 H 58
TEMPS RESTANT AVANT LA FIN DU DÉFI :
00:02

La balle a fait exploser une partie du crâne de Thomas. *Pour de vrai, cette fois.* Son visage est déjà éteint, alors que ses poumons se vident de leur dernier souffle. Des fragments de cervelle et d'os constellent le plancher, là où une plaque de sang commence à s'étendre.

Il est mort. Il est vraiment mort, putain.

L'altercation entre Malory et Thomas a tout juste laissé à Quentin le temps de s'emparer du pistolet. Il a appuyé sur la gâchette avant d'en prendre consciemment la décision. De si près, impossible de manquer sa cible.

Il tombe à genoux à côté de son beau-frère. Sa main se met à trembler.

Tout près, Malory se redresse, tousse, une main appuyée sur le ventre. Elle relève la tête et, aussitôt, la panique déforme ses traits. Quentin suit son regard, voit une partie de l'intérieur de la chambre forte : une série d'écrans sont alignés contre un mur. Et l'un d'eux affiche l'heure.

Quatre heures cinquante-neuf minutes.

Bordel.

Malory, plus rapide que Quentin à se remettre sur pied, lui arrache l'arme des doigts. Il la regarde courir vers la salle de cinéma. Y disparaître.

Un nouveau coup de feu déchire l'air.

L'écran change moins d'une seconde plus tard.

Cinq heures.

Ça y est, c'est fini. C'est vraiment fini, songe Quentin en retrouvant la faculté de respirer. *Patrick est mort. On a terminé à temps.*

Son soulagement s'accompagne d'une brusque baisse d'énergie. Tout ce sang perdu. Les efforts déployés. Quentin a atteint ses limites. Il se sent faible. N'a plus qu'une envie : dormir – de préférence dans un lit d'hôpital – pendant les trente-six prochaines heures. En se réveillant uniquement pour embrasser sa compagne et ses jumelles.

Alors, un grattement lui chatouille les tympans. Et la panique revient aussi vite qu'elle s'était évaporée. Le fait bondir sur ses pieds et ignorer la soudaine résurgence de douleur cuisante dans son abdomen. Malory est postée devant la porte de la salle de cinéma, à une bonne distance du tapis, l'arme à feu coincée dans son short en jeans déchiré.

Dans une main, elle tient une petite boîte et, dans l'autre, une allumette embrasée.

— Arrête, Mal ! Fais pas ça, c'est plus nécessaire !

Mais en parlant, il comprend qu'elle a raison : il vaut mieux faire disparaître le plus possible les traces. Surtout celles qui sont incriminantes pour les survivants. Ici. Au sous-sol.

Histoire d'induire les policiers en erreur.

Malory lance l'allumette en feu, qui disparaît dans la pièce, puis s'éloigne en courant. Presque aussitôt, le mélange de vapeur d'essence et d'oxygène produit une puissante déflagration. Un nuage gris est propulsé hors de la salle de cinéma, accompagné d'un vent brûlant qui fouette Quentin. Et projette la chanteuse au sol. Cette fois, pas d'alarme incendie : le Corrupteur a dû la désactiver la veille.

Un puissant acouphène étouffe le bruit ambiant. La vision de Quentin est trouble. Malgré tout, il s'oblige à se remettre sur pied. Une chaleur intense provient de la salle de cinéma où, déjà, l'incendie fait rage.

Il tend une main à Malory :

— Faut s'en aller, ça urge ! Viens !

Elle repousse la paume tendue, tâte sa hanche. Trouve le pistolet. S'en empare avant que Quentin ait le temps de réagir. Elle dirige un regard dément vers lui. Sourit. Et pointe l'arme dans sa direction.

Putain, combien y a de balles là-dedans ?

Il entreprend de reculer, lentement, en direction des escaliers.

— Mal. *Mal*, réveille-toi ! On a traversé cette histoire-là ensemble. Tu peux pas finir ça comme ça.

Elle se lève et avance, calquant son rythme sur le sien :

— Désolée, Quentin, je peux pas te laisser vivre. Tu pourrais faire foirer mon rêve en racontant n'importe quoi. Faut que l'histoire sorte… mais qu'elle sorte à *ma* manière. J'ai pas le choix.

— Ben voyons ! Pense à mes petites. Tu veux vraiment les rendre orphelines ?

— Elles manqueront pas grand-chose, si tu veux mon avis. Je dirai même qu'elles vont se porter mieux sans leur misogyne de père.

Les insultes l'atteignent en pleine poitrine. Et Quentin sait à ce moment-là qu'il a perdu. Que son existence est terminée. Dans un ultime espoir de sauver sa peau, il court en direction de l'escalier, qu'il commence à gravir. Un coup de feu part. Un autre.

Cette fois, la balle lui traverse la poitrine, accompagnée d'un éclair de douleur mordante.

Mais il continue. Une marche, puis la suivante.

De nouveaux projectiles lui martèlent le dos.

Les jambes de Quentin flanchent. Il s'effondre. Malory le rejoint, et lui donne un coup de pied dans la main lorsqu'il tente d'agripper sa cheville.

— Fais pas ça, Mal. S'il te plaît…

Sa voix n'est plus qu'un râle. L'expression de Malory s'adoucit. Elle se penche à son niveau, l'aide à se redresser – presque même à s'asseoir – dans les marches. Elle ne semble plus ressentir la douleur à son épaule.

— Merci pour ton aide, mon beau. J'y serais jamais arrivée sans toi.

Quentin ouvre la bouche, prêt à lui promettre tout ce qu'elle souhaiterait entendre. Malory le soulève encore un peu plus, comme pour l'écouter tandis que son regard change encore. Se durcit. Et elle le pousse. Fort. Il tente de se retenir. Échoue. Dégringole les marches et se cogne violemment la tête.

En bas, l'odeur est déjà insoutenable. La fumée s'épaissit. Pourtant, Malory redescend, jette le pistolet en direction de l'incendie. Quentin sent le regard de la meurtrière posé sur lui, tandis qu'il ferme les paupières, pour la dernière fois.

— Tu peux dormir en paix, Quentin. Tout le monde va savoir que tu m'as sauvé la vie. Tu vas être le héros de la province… Et moi, la vedette de l'histoire.

27 JUILLET

« On en sait un peu plus, Sarah-Jeanne, sur le drame que les médias surnomment désormais le "manoir des sacrifiés". L'unique survivante ne serait nulle autre que Malory, la principale concurrente de Zeff à l'émission *Rock or Die*. Et celle-ci a décidé de sortir de son isolement afin de raconter sa terrible histoire. Voici un extrait de sa conférence de presse :

« Arrêtez de vous imaginer que vous ne serez pas la prochaine victime. Ou que vous ferez les bons choix. Pendant les vingt-quatre heures où j'ai été enfermée dans le manoir, j'ai vu des vraies personnes, comme vous et moi, se transformer en monstres. S'entretuer. Je n'aurais… jamais cru ça possible. Tout… cet… égoïsme. C'est répugnant. »

Des sanglots entrecoupent son discours. La chanteuse renifle bruyamment.

« En vingt-quatre heures, les deux hommes les plus importants de mon existence sont morts. Celui que je voulais demander

en mariage. Et mon meilleur ami, avec qui je devais commencer une carrière en duo. »

« *S'il était là, Zeff, il voudrait que…* »

« Mon Dieu, Benoît. Ça a dû être un enfer, pour elle. Pauvre Malory. Est-ce qu'on sait si elle est blessée ? »

« Des blessures mineures. Quelques brûlures. Rien de trop grave, selon nos sources. Rien, en tout cas, qui va l'arrêter dans ses projets. »

« Oui, et justement, elle organise un concert pour venir en aide aux proches survivants des victimes du Corrupteur. On dit que des dizaines d'artistes se sont déjà ralliés à sa cause. Ce sera mémorable, Benoît. Écoutons ce que Malory a à en dire :

« *"Survivre ensemble", c'est le nom de mon concert caritatif. Parce que c'est ça, le message qu'on veut envoyer au Corrupteur. Ensemble, on va se serrer les coudes et montrer à ce fou furieux que les Québécois savent se soutenir. On va lui prouver qu'on est plus forts que lui.* »

« Quelles belles paroles ! Et on m'apprend tout juste, Sarah-Jeanne, que Malory a déjà récolté plusieurs dizaines de milliers de dollars pour le concert. Ça fait, au moins, une raison de se réjouir. Quel bel acte de solidarité. »

« En effet, mon cher Benoît. Il ne faut surtout pas perdre espoir. Sur ce, chers auditeurs, nous vous laissons sur une chanson de Malory, celle qu'elle nous a chantée lors de la finale de *Rock or Die* ce printemps : *My corrupted love*. Merci pour votre écoute. »

REMERCIEMENTS

J'ai ADORÉ avoir l'occasion de plonger une nouvelle fois dans l'univers tordu du Corrupteur ! Merci, Dominic, de croire en moi (malgré mes plans minables) et de m'avoir offert cette opportunité. Travailler avec toi est toujours un véritable plaisir. Merci aussi à Simon et à toute l'équipe du Groupe ADA et des Éditions Corbeau de m'accepter dans votre grande famille. Vous faites un travail extraordinaire !

Guillaume et Stéphanie, merci pour votre temps, vos précieux conseils et vos commentaires constructifs sur cette histoire. Merci également à ma famille – et spécialement à Guillaume et à mes trois monstres préférés – d'enrichir mon quotidien de votre bonne humeur, de vos encouragements et d'accepter de me partager avec mes mondes imaginaires.

Et merci à vous, chers lecteurs et chères lectrices, de m'offrir l'immense privilège d'être lue. Vous ne vous doutez pas à quel point vous faites une différence extraordinaire dans mon existence. :)

À PROPOS DE L'AUTEURE

Johanne Dallaire est née en 1986, dans la ville de Québec. Elle a étudié en criminologie à l'Université de Montréal, et elle a travaillé comme peintre dans le domaine de la construction. Bachelière en droit, elle a ensuite exercé la profession d'avocate en entreprise avant de rester à la maison avec ses trois enfants. En 2020, elle a publié la trilogie dystopique *Le prix de l'immortalité*, dont le premier tome lui a valu d'être finaliste à la sixième édition du prix des Horizons imaginaires. *Le manoir des sacrifiés* est son deuxième roman dans l'univers du Corrupteur.

Restez en contact avec l'auteure :

www.johannedallaire.com

www.facebook.com/jdallaireauteure

Composition et mise en pages
Nord Compo à Villeneuve-d'Ascq

Achevé d'imprimer en juin 2025
sur les presses de la Nouvelle Imprimerie Laballery
58500 Clamecy
Dépôt légal : juin 2025
Numéro d'impression : 505585

Imprimé en France

La Nouvelle Imprimerie Laballery est titulaire de la marque Imprim'Vert®